KODAK 400TX
2
48
KODAK 400TX
2
46
KODAK 400TX
1
45
KODAK 400TX

目錄

有感覺

하정우, 느낌 있다

Part1 畫家

河正宇心愛的藝術家 I

Part2 演員

Part.1

畫家

A Painter

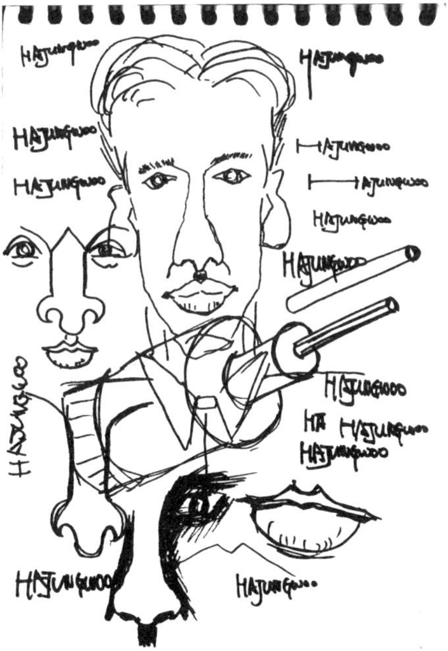

扮演畫家

我過去幾次受訪曾說過：

「不知從什麼時候開始，去其他國家填寫入境資料卡時，我都會在職業欄裡填入『畫家（painter）』，而不是『演員（actor）』，因為自稱畫家感覺比較自在。」

但是這麼說很容易被誤以為，我好像認為畫家這職業比演員更適合我一樣；或是因為畫家帶有一種難以捉摸、自由奔放的神秘感，彷彿我刻意把自己包裝成「天生充滿藝術魂」的演員。

Actor 丨筆、畫布丨 53×45.5公分丨 2008

當然，我真心喜歡畫畫，也自認和畫畫密不可分，但如果被誤解成以上的意圖就太冤枉了。我之所以填「畫家」，是基於某次深刻難忘的事件。接下來，請容我向各位娓娓道來。

早在我二十歲左右的時候曾夢想遠赴紐約，那是我第一次去美國，可惜最後迫於無奈不得不臨時趕回韓國（詳情請見p.194的〈灰色時代〉）。那次事件成了揮之不去的陰影，在我心中盤踞七年之久。然而，就在我拍完電影《時間》（2006），我準備再赴美國，重啟一段意義非凡的旅程。一方面期許自己走出先前的陰霾，另一方面也順便激勵自己熬過了一段艱苦歲月。我對於自己能夠再次踏上美國那塊土地感到萬分激動，也期待他們會歡迎我重返美國。總之，那一刻我既開心又雀躍。

早上七點，飛機抵達亞特蘭大。我耐不住菸癮，加快腳步向前走。我是那一班飛機第一個抵達入境審查區的旅客，結果沒想到被海關人員刁難，質問我為什麼要來亞特蘭大。當時我身穿牛仔外套，滿臉鬍鬚、頭

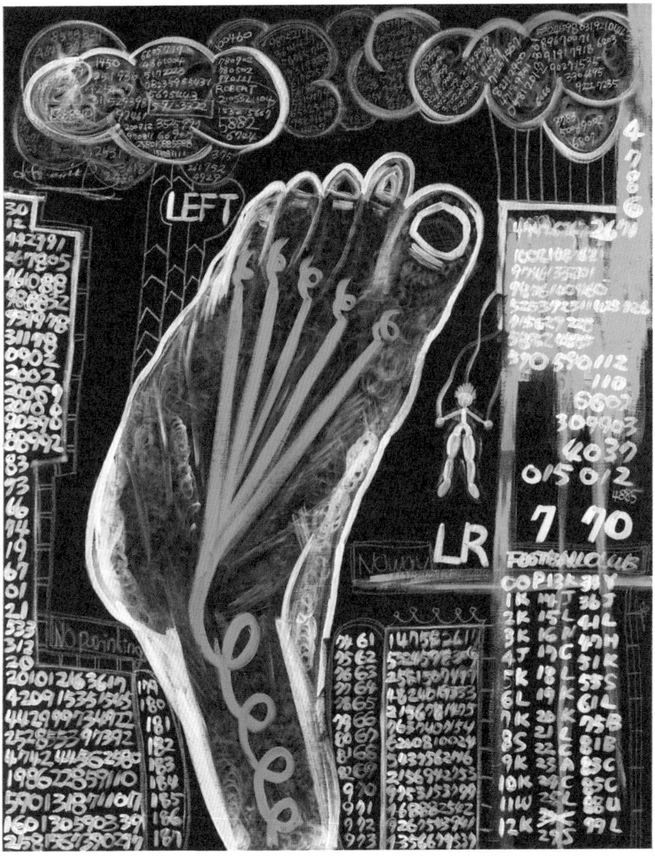

Foot ｜壓克力、畫布｜ 162×130公分｜ 2010

戴毛帽，還揹著一個登山背包——在韓國，這是任誰都會認為有型的隨興裝扮，但在美國似乎並不是如此。我告訴海關是來找朋友的，結果他上下打量了我許久，比出一個手勢，示意我去一旁的小房間裡等候。我轉頭看向他指的方向，那裡有一名阿拉伯男子、俄羅斯女子及其他國家的旅客，全都滿臉焦慮地等待著。霎時，我有一般不祥的預感，腦海中立刻閃過一個念頭：應該向接機的當地友人求救。於是我要求打個電話，結果海關人員一口回絕，然後把我帶到了很像偵訊室的小房間裡，不停逼問我究竟來美國的目的是什麼。

我是個起床後就想上廁所的人，到現在也是如此。當時正值早上七點鐘，身體已發出生理訊息，於是我拜託他們先讓我去上一下廁所。一名像是保全的男子把我帶到角落的一扇門前，男子解開門上的鎖，走了進去。裡面竟然有一名嫌犯被囚禁在牢籠裡，一旁還有個無任何遮蔽物的開放式馬桶。假如要我在那裡如廁，就等於是在眾目睽睽之下解放，這根本毫無隱私可言——而保全用下巴指向馬桶，示意要我去那裡解決。

我的天啊……那可是個沒有門、沒馬桶蓋，僅放著一捲衛生紙的馬桶欸！而且一旁還有個囚犯盯著看，這叫我怎麼……雖然我當下錯愕到說不出話來，但身體不停發著告急的警訊，要我盡速解決。我別無選擇，只能硬著頭皮在那座馬桶上解放，也是我有生以來第一次遭受這種屈辱。當下一想到自己身處從沒想像過的窘境，就滿心擔憂，很怕接下來還會發生什麼離奇的事。

男子帶我回到偵訊室，我告訴自己務必繃緊神經。首先，因為我的英文不是很流利，我擔心說錯話會招來更多不必要的麻煩，所以向他們提出了翻譯人員協助的需求。不過可想而知，他們不可能點頭答應，只是不停追問我來美國的目的，以及是不是打算來做長期黑工。

我暗自心想，下次絕對不會再填自己是「actor」了，因為肯定是職業欄上這單字害的。在他們眼裡，東方人又是「actor」的我，簡直像個企圖非法居留美國的人。拜託，我好歹走過坎城影展紅毯欸……

所以自此之後，每次出國時填寫入境資料卡，我一律改填「painter」，避免那天的夢魘重新上演，不知道這樣解釋，是否有讓受訪時所說的「因為自稱畫家感覺比較自在」這句話的意思更清楚。有趣的是，原本只是基於玩笑自稱的「畫家」，沒想到寫著、說著，竟讓自己變得算得上畫家了。

一直以來我都在畫畫，但終究不好意思自稱「畫家」，總覺得有些害羞也尷尬。因為對我來說，畫家這頭銜遙不可及，應該是要科班出身、整天窩在工作室裡作畫的那些專業人士。至今，我看到自己接受畫作採訪的新聞還是會覺得有趣，因為我會被冠上「演員暨畫家河正宇」的頭銜。明明演員就是演員、畫家就是畫家，什麼叫做「演員暨畫家」？不禁納悶這是什麼奇怪的拼裝字。

平時和我互動頻繁的藝術圈人士大多經常出沒於弘大一帶，如果我要

Keep Silence ｜複合媒材、畫布｜ 130×116公分｜ 2011

和他們碰面，就會特地前往弘大。而每當我在那裡吃飯與小酌的時候，接到朋友們的來電都會呈現以下對話——

「喂？你在哪裡？」

「我在弘大。」

「在幹嘛呢？」

「在演畫家啊。」

我走了好幾年的演員之路，不久前才剛踏上這條新的人生道路——扮演畫家。自稱畫家仍然不免有些尷尬，儘管如此自嘲，但並不代表我把畫家這條路視為兒戲。對我來說，畫畫和演戲同等重要。

更何況，我認為演員和畫家本質上相同，只是面貌不同而已。如果說演員這一行是用白米煮飯，那麼畫家便是用剩餘的米釀成米酒；雖然用了相同食材，卻會因處理方式不同產出截然不同的成品。演電影時，我像個經歷魔鬼訓練後上場比賽的運動選手，產出猶如白米飯般的演技，但是在電影殺青之後，我的身心仍會留下一些未能消耗完全的東西。這時候，我會用那些殘留物作畫，然後產出猶如米酒般的畫作——等於藉由畫畫修復自我，並激勵自己精進演技。

這本書記錄了這些演戲與作畫的點滴，以及過去鮮少公開的面貌，也是我第一次率真地向各位坦誠。

雖然乍讀每篇故事感覺沒什麼密切關聯，但就像演戲和畫畫對我來說是相輔相成的事一樣，也許各位要讀完本書，才會對河正宇這個人有相當程度的了解，那些都是我最真實的生活，衷心希望各位讀得盡興。

那麼，現在就開始正式走進河正宇這個人的故事吧！

畫畫生涯的啟蒙老師，賢廷姐

沒工作在家裡休息時，我會翻出喜歡的畫冊，有時甚至會抱著學習的心態翻閱。主要是為了透過其他畫家的畫作創造屬於我自己的繪畫風格，這種時候我通常會看巴斯奇亞（p.91）或畢卡索（p.275）的畫冊。有時我也會想讀一讀那些畫作背後的故事，以便好好整理煩雜的思緒，找回心靈的平靜。今天正好就是那種日子，所以我拿出愛德華・霍普（p.94）的畫冊，這是在拍攝電視劇《H.I.T》（2007）時，同劇組演員賢廷姐送我的禮物。

《H.I.T》是一部執意追查連續殺人犯的女刑警，與協助她找回失去人生的男檢察官的愛情故事。賢廷姐飾演車秀京，是一名天天穿著運動鞋，家中卻收藏了多雙華麗高跟鞋的刑警；我則是飾演檢察官金載允，自從看見秀京的鞋櫃以後，便對她產生情愫。

當時我和賢廷姐剛拍完一場對手戲，兩人坐在一旁的沙發休息，桌上有一張明信片吸引住我的目光，那是拍攝現場道具——上頭印著一幅畫，像極了電影中的場景。我一直很喜歡馬丁・史柯西斯（Martin Scorsese）導演使用的遠景鏡頭（long shot），尤其是精準的正面遠景鏡頭。明信片上的那幅畫正好就是一張正面遠景，一對男女在營業至深夜的餐廳裡並肩而坐，兩側分別還有一名男子的背影及主廚的側身，簡直就像馬丁・史柯西斯執導的電影裡才會出現的畫面，非常有感覺。

我拿起明信片，遞向坐在一旁的賢廷姐，問她知不知道這幅畫是誰的作品？賢廷姐告訴我，那是愛德華・霍普的作品〈夜遊者〉（Nighthawks），還分享了這位畫家的故事；他是一名美國畫家，主要是以寫實風格描繪都市風景，尤其擅長呈現都市人的寂寥孤單。

名畫與人物描繪

我後來才注意到，原來賢廷姐對美術有很深的造詣，她還會蒐集欣賞的畫家的作品，對美術興趣濃厚。賢廷姐發現我喜歡那幅畫以後，隔天便帶了一本霍普的畫冊送給我。那是我人生中第一本畫冊。

自此之後，我們很常聊一些畫家創作。我原本只是業餘畫家，完全不曉得自己的作品像誰、屬於哪一種風格，就連美術的知識也不足；只略懂皮毛，而且還僅限於國、高中時期在學校學的基本美術概念而已。

所以每次在和賢廷姐聊繪畫時，感覺就像是上了一堂有趣的美術課。賢廷姐讓我看她喜歡的畫家作品，還分享了近期有哪些展覽活動等資訊。我有時會給賢廷姐看我的畫作，她就會列舉幾位風格類似的畫家讓我知道。

像伊莉莎白・佩頓（p.97）就是透過賢廷姐才得知的畫家。她是一位年輕的美國畫家，目前仍活躍於美術界，主要以人物肖像畫著名。她的畫乍看很像新人畫的，但其實她很擅長掌握人物特徵，明明繪畫風格不是細緻路線，卻能讓人明顯感受到她畫作中描繪對象的獨特。

當賢廷姐說我的用色和伊莉莎白．佩頓的作品十分相像時，老實說我有點受寵若驚。不過也因為這句話為我增添一些自信，因為我通常畫畫時並不會想太多，單憑感覺進行。沒想到竟然獲得美術造詣深厚的前輩如此高的評價，實在太振奮人心。

其實當初開始提筆作畫時，我之所以沒有去報名美術補習班，就是因為擔心補習班老是要我練習素描，停留在素描階段很久。要是那段期間，我的靈感和表現手法因而變得單調僵硬就不好了。但是偶爾不免還是會納悶自己的技法是否正確，而賢廷姐的這番話來得正是時候，我因此信心大增。

賢廷姐認為「佩頓的用色一向豪邁大膽」這一點，與我的畫風相近。不論是穿著青綠色上衣的男子側躺在紅色沙發上（p.99），還是身穿橘黃色T恤的男子倚靠在紅色牆面上，顏色都非常強烈。或許描繪對象

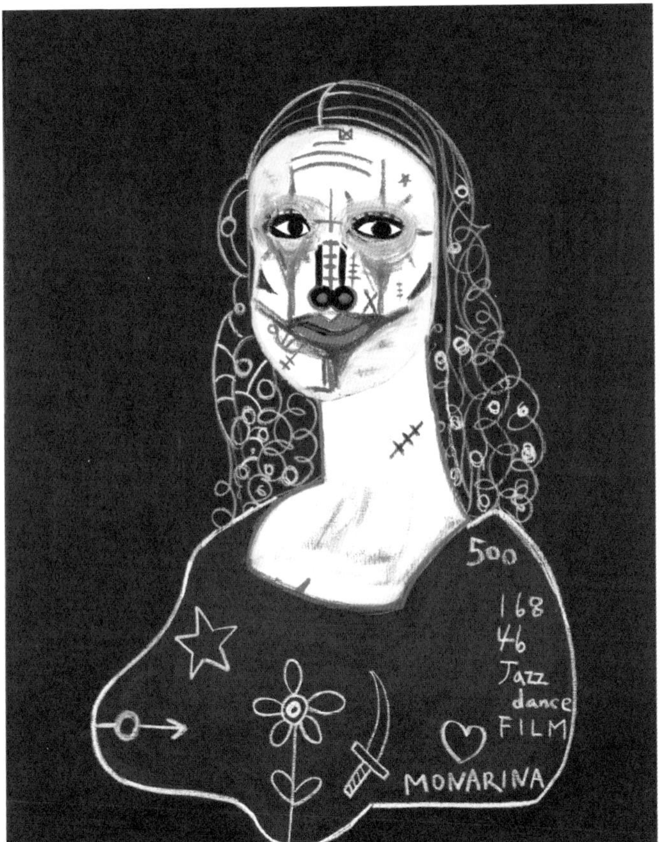

Monarina | 複合媒材、畫布 | 117×91公分 | 2011

實際就穿著如此鮮豔的衣物，但只要通過佩頓的雙眼，顏色往往變成更濃烈。再加上她的明暗對比也很明確，總是把臉部一側描繪得較明亮，另一側較陰暗，所以更能夠凸顯出人物表情的生動，獨樹一格。

賢廷姐介紹佩頓的隔天，便送了我一本佩頓的畫冊。裡面收錄了多幅有趣的人物畫，尤其是擺出各種姿態的人物引人注目，看起來寫實又充滿動感。

據說佩頓畫畫時並不是看著實際人物描繪，而是看著照片進行。所以畫出來的人物經常是誇張地瞪大眼睛，不然就是由上俯瞰的視角，加上人物眼皮上的小肌肉所營造出的維妙維肖感，整幅畫看起來更接近真實。拿著香菸的手勢透露著神經質的性格；一手拖著下巴、一手向前伸的姿勢充滿著不安，這些表現手法也都讓人物看起來更寫實。

佩頓徹底擴大了「寫實」的定義。一般大眾對於「寫實」這兩個字通常都帶有「應當是如此」的成見或推測，比方說，看見兩人依偎而坐就認為他們一定交情匪淺，或看見母親向孩子張開雙臂就認為無比溫馨。然而，佩頓描繪出來的人物表情與身體姿勢並不是如此典型的寫實，從她筆下畫出來的每一位人物都有著各自的性格，正是這份獨特性使其畫作增添不少寫實感。

不只是佩頓，賢廷姐還介紹過其他藝術家，其中路易絲・布爾喬亞（Louise Bourgeois，1911～2010，法國畫家、雕刻家）也是一位非常特別的畫家。如果說佩頓的存在使我在畫家這條路上重拾了勇氣，那麼布爾喬亞則帶給我許多靈感嘗試新事物。

路易絲・布爾喬亞是個充滿熱情的藝術家，活到近百歲從未停止創作。在韓國最廣為人知的是她的〈Maman〉（來自法文的「母親」）藝術作品，那是一隻長腿蜘蛛的巨型雕塑，以青銅翻模而成。

然而，比起那件作品，我更喜歡她的畫作。因為從她畫的白底紅線上可以感受到一種「純真」，彎彎曲曲的線條彷彿是由稚嫩的孩童親手描繪。所以每當我在欣賞那些畫作時，嘴角都會不自覺上揚，而那種不熟練的笨拙感也激發了我的創作靈感，讓我嘗試起左手塗鴉。

我記得當初在拍攝電影《追擊者》（2008）時，演了一整天的連續殺人犯池英民，回到飯店後思緒一團亂。辛苦的拍攝過程讓我筋疲力盡、恍惚不寧，內心更因為詮釋負面角色而陰影重重。就算我把屋內燈光調暗、躺在熟悉的枕頭上，也遲遲難以放鬆，就連闔上眼睛聽音樂也都於事無補。於是我決定與其強迫自己入眠，不如起身作畫，我想要畫像路易絲·布爾喬亞的作品一樣很簡單的圖案，便改以不常用的左手取代靈活的右手。

剛開始用左手練習寫字時，感覺很不習慣。彷彿回到兒時第一次握筆學習寫字，也有點像智能障礙者，手腦不是很協調，但是很快地我掌握了有別於右手運筆的節奏，越寫越快。當我一直專注於左手寫字時，我那紛亂的心也逐漸平靜下來。那是一次非常特殊的經驗，隨著我用左手寫了好

Queen ｜複合媒材、畫板｜ 90.5×52公分｜ 2010

幾次的密碼、電話號碼末三碼等數字之後，我的思緒也逐漸清晰。自此之後，我只要拍完當日戲份，回到飯店就會用左手隨意塗鴉，沉浸在一種前所未有的新鮮感當中。至少那段時間我得以從池英民徹底抽離出來，也不必做回原本的河正宇；那股既陌生又不熟悉的感覺，反而讓我享受到另一種自由。

當我意識到自己在畫家這條路上走到了某個位置之後，夢想才變得愈加清晰；多虧賢廷姐送我的那些畫冊，我的畫畫之路才更明確。不論對演員還是對畫家河正宇來說，賢廷姐都是我無比感激的貴人。期許有朝一日，我也能將自己的畫冊贈送給賢廷姐作為禮物。

與畫畫為伍的人生

通常成績優異的職棒選手成為自由球員以後，一旦簽下高額的新合約，表現便會開始走下坡——這種情況屢見不鮮，也會被人詬病他們是被金錢迷惑所致。基本上我個人抱持類似的觀點。

不過，如果仔細深究，會發現這其實很可怕。因為我相信那些球員本來都不是為了金錢，而是夢想成為一名在關鍵時刻打出漂亮全壘打的打擊手，或者防禦率幾近零的完美投手。然而，當他們一嘗到金錢的甜頭便忘了初衷，甚至徹底將夢想拋諸腦後，一味地追求更高的報酬。

財富和聲望其實只是手段而不是夢想，它們能幫助你朝夢想邁進時減緩一些痛苦。當一個人開始沉浸在他人的注目、誤以為這些就是自己真正的夢想時，便會開始墮落沉淪，甚至忘記如何追逐夢想，游移徬徨。我很害怕自己不小心會變成這樣，所以我期許自己永遠是個逐夢踏實的人。而如今的我，夢想是當畫家，我想要一輩子與畫畫為伍。

記得我第一次提筆作畫是在二〇〇三年，當時好像也沒什麼特殊原因，只是單純想畫。連我自己都搞不清楚為何想畫畫，直到二〇一〇年三月，我辦了人生第一場個人畫展、累積多幅創作後才回頭看清楚自己當初畫畫的起心動念。

我最先接觸的是水彩畫。要是有把當初那些畫作統統留下來就好了，這樣便能一眼看出畫風變化的歷程。無奈當時一起住的尹鍾彬導演，趁我暫時赴美國的那幾天把畫全部丟掉了。那天我來不及回國搬家，導演打了電話給我：

「哥，這些畫要怎麼處理？堆在紙箱裡的這些畫。」

「喔！那個啊，嗯……」

「要丟嗎？我看還是丟了吧！」

「喔……好、好吧。」

雖然他事先打來商量，但還是不免感到可惜。我記得當時大概有三十幅左右吧？沒想到還真的全被丟掉，看來那些作品在導演眼裡不怎麼具收藏價值。

比起講求精準刻畫出描繪對象的素描，我主要畫一些抽象的圖畫，因為與其讓自己很有壓力地畫——把描繪對象如實呈現——我偏好隨著個人意志想怎麼畫就怎麼畫。我喜歡畫畫的過程本身，那段時間讓我很自在，不必思考任何事，全神貫注在畫畫上。尤其專心畫上一段時間後，就會感受到一種絞盡腦汁、精疲力竭的暢快與充實，那一刻我特別感到幸

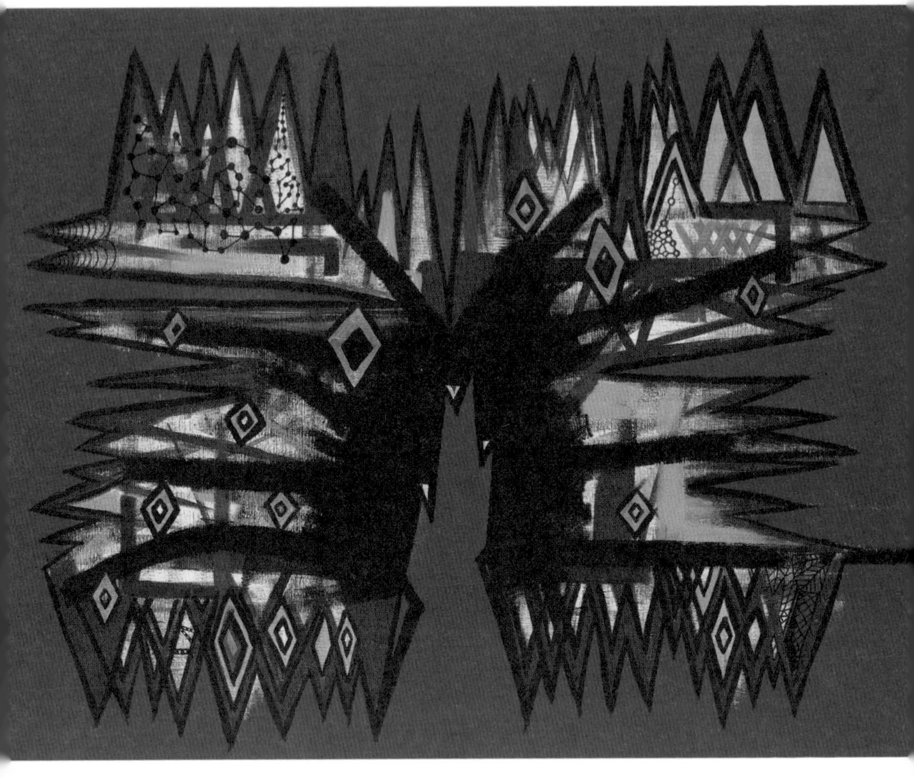

Alaska ｜複合媒材、畫布｜ 130×162公分｜ 2009

福。

我斷斷續續畫著畫，直到拍攝電影《追擊者》時，才正式投入作畫行列。因為我飾演的連環殺人魔池英民在電影中也是一名會畫畫、雕刻的人。這剛好成了創作契機，我一邊準備池英民的角色，一邊作畫。我刻意用左手畫畫，思考池英民到底為什麼要畫畫？當腦中思緒雜亂無章時，也會漫無目的地亂塗。當時畫畫對我來說不僅是理解池英民的管道，也為疲於演戲的自己重新蓄滿電力。

只要是看過我畫作的人，都十分驚訝我竟然會畫這種畫，並表達出欣賞之意。明明是漫無目的、純粹為了陶冶性情、滿足自我而進行的繪畫，竟能得到如此好評！這也讓我動念想要認真做好。所以從二〇〇七年夏天起，我會特地空出時間專心作畫。

不過，我並沒有特別找人學畫，或者受了誰的指導才展開畫畫，所以在自行摸索的過程中其實經歷過不少失誤。比方說，當初一開始用壓克力顏料畫時，不論我多麼用力將顏料透過畫筆塗抹在畫布上，始終都不容易附著。後來我去材料行買顏料時和老闆聊了一下，才得知原來要先用一款叫做「Gesso」的壓克力打底劑，打好底層增加穩定性後，才能再上壓克力顏料。

另外還有遇過明明用的都是紅、黃、藍基本色，在壓克力上畫卻比其他畫作暗沉的問題。所以有一次我改用油畫顏料，結果出乎意料地明亮許多。「喔！原來如此！」我就是像這樣土法煉鋼、獨自摸索出繪畫方法的。

二〇〇九年夏天，我持續定期抽空畫畫，累積了一定數量的作品。當時一名分鏡師看了我手機相簿裡的照片，建議我要不要乾脆辦一場個人畫展，並說要介紹美術界人士給我認識。

「我的天啊，個人畫展！」當時我還沒什麼信心，因為我對自己的作品要公開展示還感到十分害羞。該怎麼說呢，有點像是叫我在眾人面前裸體的感覺，我害怕畫作會透露了我自己都沒察覺到的內心世界，結果被人看穿。而且我也一直自認是業餘畫家，純粹因興趣而起；更何況我聽說就連專業畫家都不見得能舉辦個人畫展了，我擔心自己會不會因為是明星而太容易取得這樣的機會。

礙於我那多慮的複雜心情，這件事被我整整擱置了四個月左右，最後好不容易約到策展人，開了一次會。我把作品全數放在平日畫畫的工作室裡，邀請幾名策展人與藝評家前來觀賞。他們當時的評語我至今還記憶猶新。也許是為了鼓勵我才那樣說的，但無論如何，每次只要一想到他們說的那番話，我就會興奮不已。

「好專業喔。」

「您說『專業』嗎？」

「對啊，水準跟專業人士的沒兩樣，請問我可以看看你的調色盤嗎？」

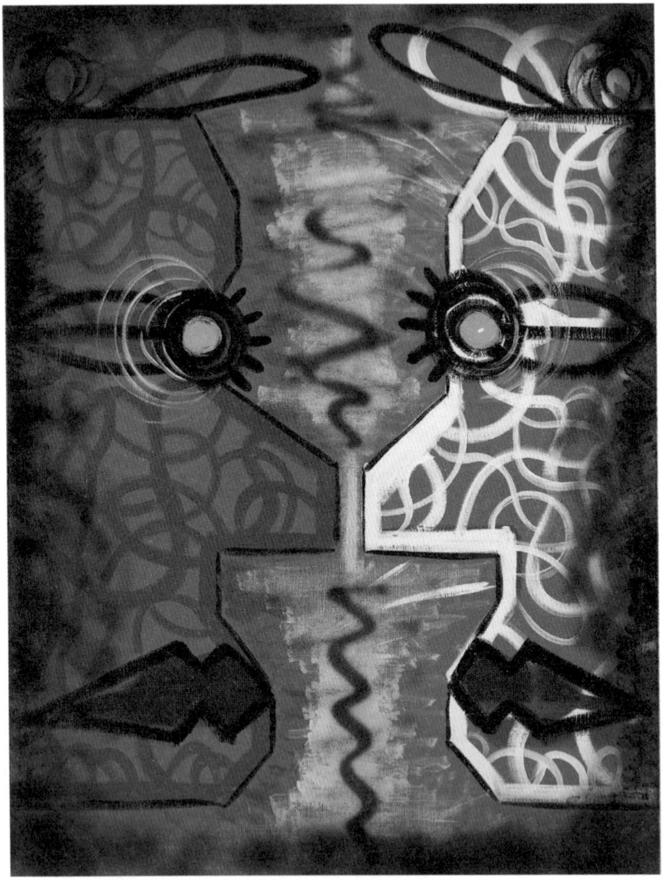

Day & Night 1 | 複合媒材、畫布 | 146×112公分 | 2009

「專業」這兩個字，為原本沒什麼把握的我徹底打了一劑強心針，得到不少勇氣與自信。於是我在二〇一〇年三月舉辦了首場個人畫展。一件純粹因興趣而起的事，最後竟發展成舉辦畫展的水準。直到那一刻，我才切身體會「純粹」背後隱藏的意涵，以及自己為什麼會那麼渴望畫畫。

在電影裡，演員沒有辦法成為純粹的創造者，因為電影是屬於導演的創作，演員不過是作品中的拍攝對象罷了。當然，演戲對我來說依舊很有魅力。雖然讀懂導演想要表達的意圖、具體實現導演腦海裡的畫面並不容易，但這樣的過程的確也為我帶來喜悅，只是我內心最深處的創造力無處發揮。

更何況演戲時我是靠理性的腦袋去演，而不是用豐沛的感性。在我看來，演戲並非情感投入，而是情感分配；換言之，演戲時我會謹慎地思考如何將角色的內心情感呈現給觀眾，而不是自己沉浸在那股情緒裡。所以我會在腦海裡排練出各種可能的演法，如實呈現。這是經過一段縝密的邏

輯推敲反覆排演過後所得出的結果。（細節請參閱〈我又不是巫堂[1]，怎麼會被附身又有感覺……〉，p.104）

因此，隨著戲越演越多，內心包袱自然也越大，然後渴望有管道宣洩。在這種狀態下是根本無法有精湛的演技，所以我會想盡辦法讓內心平靜下來，當包袱一直擴大到要撐破時，我就會對自己更理性、更嚴苛。這樣的後遺症是回到家後心裡很難受、鬱悶不得了，甚至睡覺時嚴重口渴難耐，喝再多水也解不了渴。起初我一直沒找到原因，後來是某天沒來由地突然想畫畫——當時我還不知道原來是因為自己內心有著尚未消化完全的欲望，只是「純粹」想畫，就算畫不好、從來沒有正式學過，也一直難以忽略那份想要畫畫的衝動。

當我開始埋首作畫後，我明顯感受到深埋於心的那個沉重包袱竟然被排放了出來，我的身體變得比以往輕盈自在，那時我才明白自己究竟為什麼想畫畫。我藉此自在地消化掉那些被壓抑住的情感，沒有任何需要搞懂的劇本，也沒有任何需要協調的意見，只要按照自己的意志動動畫筆即可。而且當我完成屬於我個人的創作時，也有一種難以言喻的興奮；當我把成品一幅幅陳列在家中客廳時，會有一種彷彿進入我的私人空間般的奇妙幻覺，任何人都不能擅闖。我感到非常舒適自在。

如今，我已經是憑藉演技與繪畫兩種車輪前行的人，每當我下戲後收工返家，都會因為神經緊繃，大腦難以施展而不得不拿起畫筆。我會藉由畫畫把壓抑的情感與創作欲望徹底釋放掉，重新回到演戲時的清空狀態。換句話說，演戲使我想要畫畫，而畫畫又使我得以演戲，兩者形成了相輔相成的作用，也為我的人生拓展深度和廣度。

家父曾對於我工作繁忙卻還有閒情逸致畫畫一事感到不可置信，但現

1　巫堂扮演著溝通神靈與人之間的「仲介」，憑藉神靈以除邪、驅魔、祛病、問卜或舉行祭祀等個人活動。

在畫畫已成了我日常生活中不可或缺的事，我很難想像不再作畫的生活，就如同難以想像不再演戲的自己是同樣的感受。因此，我希望可以一直畫下去，至少在懷抱這個夢想時不會自甘墮落，我的演戲生涯也能因畫畫而得以延續。

Day & Night 2 ｜複合媒材、畫布｜ 162×130公分｜ 2010

風格，專屬於我的畫風

二〇一〇年三月六日星期六，我人生第一場個人畫展正式登場。我依舊清楚記得內心當時的悸動，當我向遠道而來看展的人致謝、與大家一同緩緩走向我的畫作時，突然心跳加速、緊張得口乾舌燥。我一方面好奇大家看畫的感想，另一方面也對於自己的作品展出感到有些羞澀。雖然畫畫技巧還不盡純熟，但真心希望觀賞者可以盡興。

說實在話，那場個人畫展辦得很辛苦，當時壓力的確有點大。內心也掙扎了好長一段時間，深怕大家會認為我不過是因為有電影明星身分加持，才能輕而易舉地舉辦個展。但是就在四月四日星期天，展覽來到尾聲之際，那些緊張和壓力竟全部消失，取而代之的是要在接下來的人生中更認真投入作畫的念頭。每當想到大家看完我的畫後會留下什麼印象，我就難掩內心激動，覺得可以透過這種方式與人交流是一件很神奇的事。

接下來，我想要談談畫展上的幾幅作品。當時我為了找到屬於自己的畫風，做了多番嘗試和努力，至今依舊在摸索，所以過去那段時期的畫風多少會有一點不上不下的感覺，也難免會看見一些其他畫家的影子；然而，如果沒有經歷那段試煉期，我就永遠都不會找到屬於自己的畫風。我想將那段自行摸索的心路歷程留存於此。

首先是同樣名為〈History〉的兩幅畫作，都是用傑克遜．波拉克（p.100）的滴畫法繪製而成。記得我第一次觀賞記錄波拉克生平的電影《波拉克與他的情人》（*Pollock*，2000）時，影片中的他把顏料滴灑在畫布上，讓我內心受到些許衝擊，頓時愣了一下，「喔——原來還可以這樣畫啊！」而且運用這種繪畫技法得出的成果相當有魅力。當時的我一直以為，只要用畫筆或筆刷在畫布上描繪或填色就是畫畫，自從知道傑克

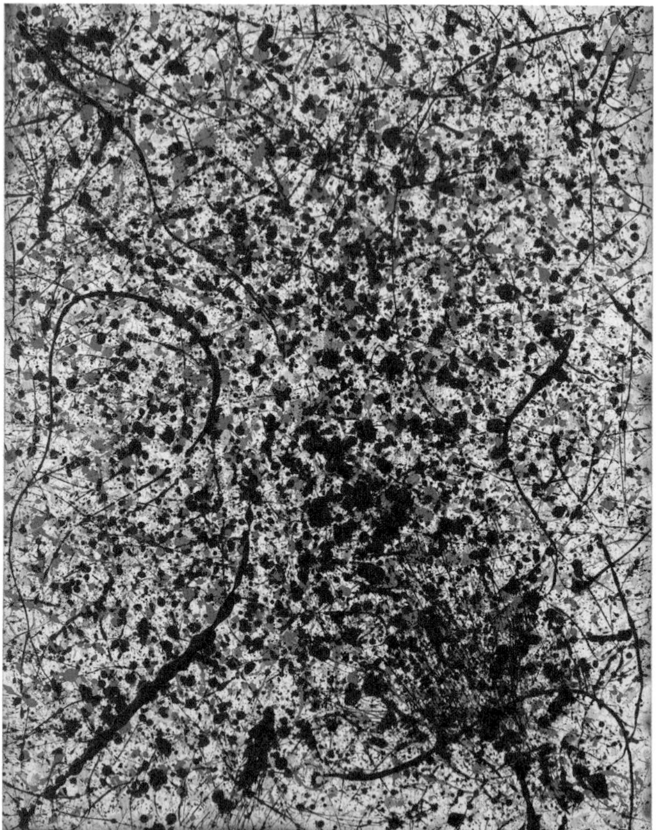

History 1 ｜壓克力、畫布｜ 162×130公分｜ 2009

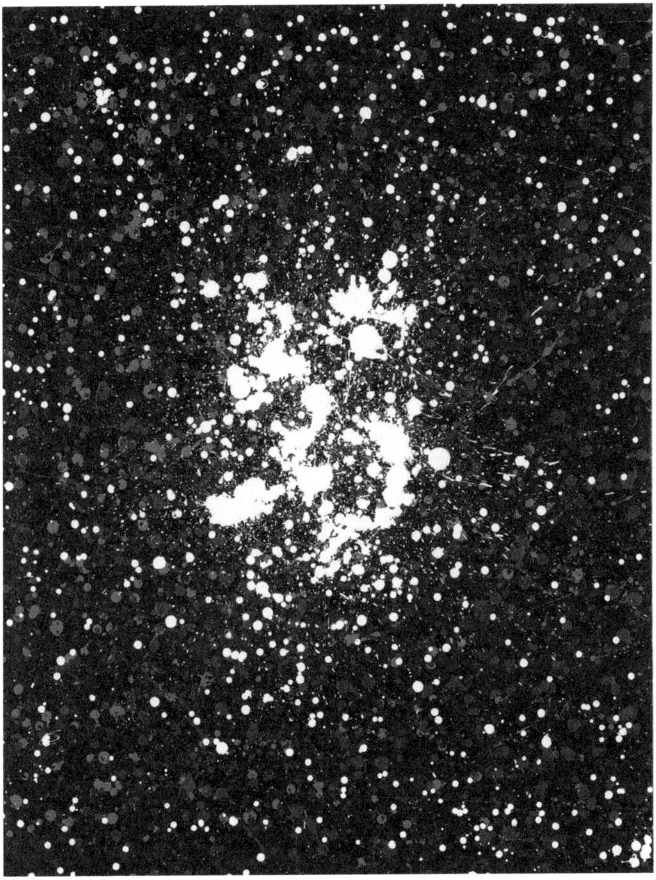

History 2 | 壓克力、畫布 | 116.7×91 公分 | 2009

遜．波拉克這位畫家後，就徹底推翻了過去我對畫畫的認知。完全隨機表現的作畫方式，令我感到新鮮。顏料滴落在畫布上，經由流動所產生的軌跡，彷彿有股很強的能量。

這兩幅同名作品〈History〉正是用這樣的技法誕生，看似簡單，實際上耗費很多體力。因為要把顏料不斷推往遠處，所以會用到許多手臂、肩膀等部位的肌肉。每次只要長時間繪製這種畫作，就會搞得我滿頭大汗、全身痠痛，再加上要一直滴灑顏料到出現令我滿意的流動軌跡為止，所以得投入極高的專注力、體力與時間。

〈History 1〉（p.46）是由我愛的藍色、黃色和黑色繪製而成。我先用藍色和黃色滴滿整張畫布，要是用筆刷直接點上會更精準又有效率，但因為是滴畫法，花了很長的作業時間。當然，這樣的技法相較於傳統用筆刷繪製更粗獷、鮮明，為了得到這種效果，自然要付出相當代價。之後我又滴上了黑色顏料，使其四處流動，這時我才切身體會滴畫法是多麼辛苦的作畫方式。因為如果想要讓顏料朝心中預想的方向灑落，就必須控制好手腕力道。除此之外，內心狀態會在兩者間拉扯：不得不接受那些隨機出現的流動軌跡，以及不想放棄自己原本的想像。學習妥協，如何放下心中那份執著也是一大折磨。直到今天，我都還不是很滿意這件作品。

〈History 2〉（p.47）主要是用黑、白兩色進行。這已經是我第二次嘗試滴畫法，早已有前車之鑑，所以相對順利。在我聚精會神地進行了一段時間過後，竟出乎意料地形成夜空般的星雲，然而這並不是我最初的本意。有意思的是，喜歡這幅畫的人竟然有九成以上是女性，雖然我不曉得確切原因為何，但可能蘊含著某種容易打動女性的關鍵元素。

再來，我想將〈Dog 2〉（p.50）這幅作品的創作心路歷程記錄下來。這幅畫是在我沉迷於巴斯奇亞的塗鴉藝術時畫的。這位畫家的作品有著不同於傑克遜．波拉克的驚喜。乍看他的畫作，不覺得有什麼過人之處，甚至會以為是學生亂塗的，卻有著十足的魅力，讓大家對其塗鴉瘋狂。雖

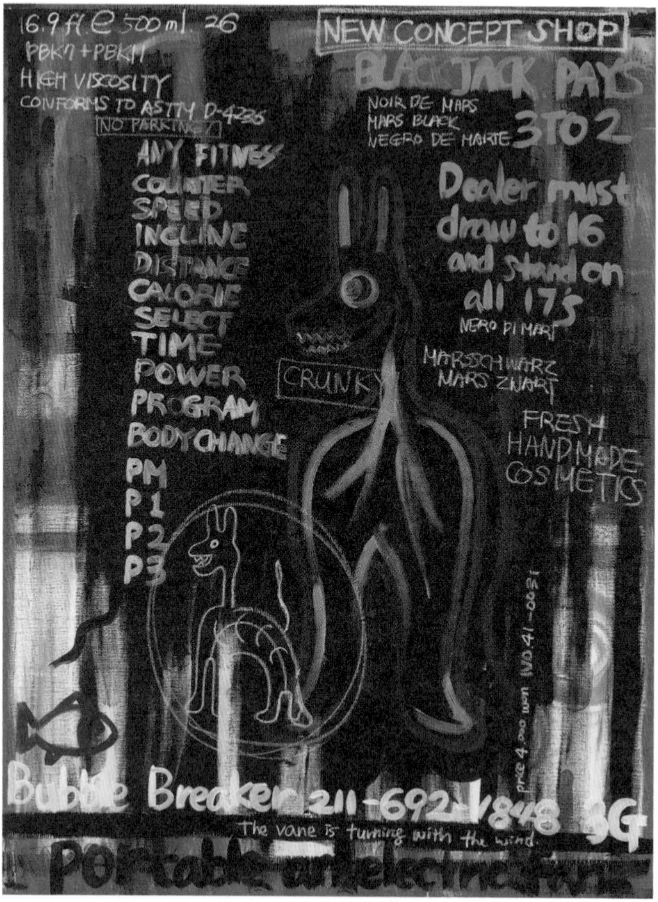

Dog 2 | 複合媒材、畫布 | 146×112公分 | 2009

Man ｜壓克力、畫布｜ 38×45.5 公分｜ 2007

然說不清楚究竟是什麼地方深深吸引賞畫者，但我自己同樣也為之著迷。

巴斯奇亞看待繪畫的態度同樣令我印象深刻。在其友人朱利安・施奈伯（Julian Schnabel）導演拍攝的電影《輕狂歲月》（*Basquiat*・1996）中，有一幕是巴斯奇亞在餐廳裡用餐，並用番茄醬作畫。由此可見對於巴斯奇亞來說，畫畫並非多偉大或多了不起，只是一件極其平凡的日常小事。也許對他來說畫畫就好比孩子們的遊戲一樣自然有趣，是生活中的一部分，不是什麼大不了的事。

我這幅〈Dog 2〉就是因為欣賞他而畫，有些人會問這種塗鴉畫的背後究竟隱藏著什麼意涵。其實並沒有特別深奧的意義，就只是單純把腦中浮現的字句或眼前看到的景物標語隨意描繪出來而已。要從塗鴉中找出意義只是徒勞，純粹感受整體呈現出來的感覺即可。

我想要談的第三件作品則是〈Man〉（p.51）。如果你眼力好、記憶力高超，一定覺得這幅畫似曾相識。因為它出現在我演過的電影裡，不過秒數不多，一閃而過，不仔細找很難發現。這幅畫被掛在電影《黃海追緝》（2010）裡客運公司老闆泰元的情婦家中，我還有另一幅作品〈Trace〉（p.55）也出現在那名情婦家中。

當時羅泓軫導演得知我平時私底下會畫畫後，便開口問我能否讓他參觀一下。結果他挑了這兩幅當作電影拍攝現場的道具，掛在情婦所住的公寓裡。羅泓軫導演也是專攻工藝學、對藝術很感興趣的人，曾經介紹過我書中第兩百三十二頁的畫家保羅·克利，甚至送他的畫冊給我，因為他覺得我應該會喜歡他的畫風。有時導演也會分享他看了我的畫作後的想法，簡短幾句卻言簡意賅。

羅泓軫導演認為這幅〈Man〉色調陰鬱，非常適合電影中情婦的居住空間。畢竟要在冷陌的都市裡當人家的情婦，我個人覺得藍色調最合適。由於是在我參與演出的電影中曝光的畫作，別具意義。

回首第一次個人畫展上展出的那些作品，我發現這一年來真的有好多變化，近期的畫風和當初截然不同。雖然仍未完全找到自己的畫風，但相信明年的風格一定又會和今年不盡相同。不論如何，我都覺得今年比去年再多找到了一些自己繪畫的手感，但我知道這條路還很長，眼下當務之急，還是得找到屬於自己的畫風。

那場畫展結束後，我開始和藝評家金鐘根（音譯）老師定期碰面。他是當時為我的展覽圖錄撰文導讀的人，說話幽默風趣，經常分享畫家們的繪畫方式，還不吝為我的畫作講評，給了許多非常受用的建議。尤其最常對我耳提面命的，就是要我找到屬於自己的畫風。

我本來就有這個打算，所以馬上意會到老師的提點。就算看著同樣的樹木和車子，每個人畫出來的成品也截然不同，因此，就算只是細微部分，作品也一定要盡可能發揮個人特色，才有辦法達到只有我才畫得出的境界。這點很重要，所以我一直都朝著這個目標向前邁進。

二〇一一年三月，我以「小丑皮耶洛」為主題，在首爾仁寺洞和大

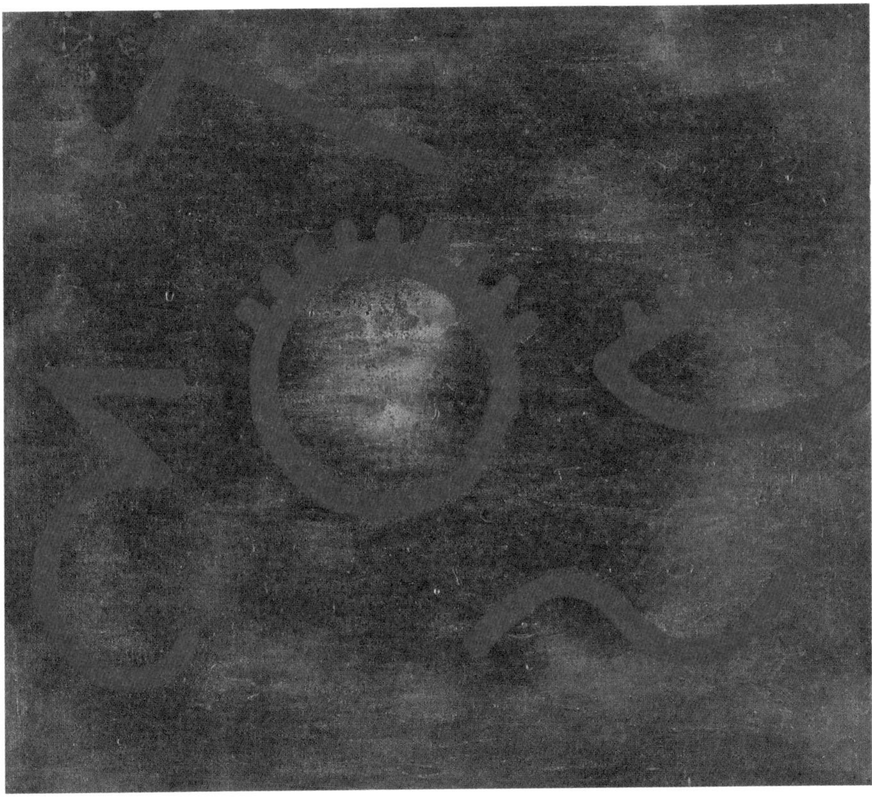

Trace ｜壓克力、畫布｜ 45.5×53 公分｜ 2009

邱舉辦了第三場個人畫展，剛好是在第一次個人畫展屆滿一年的時候。這次的展覽不只有朋友和同事前來欣賞，還有許多民眾也來了。衷心盼望當時來看畫的人有所收穫。

在第一場個人畫展結束後，我動念想要更認真作畫的另一個原因，來自我父親。家父原以為兒子光演戲就已經夠忙了，怎麼可能還有空畫畫。但實際上他難掩喜悅到處向朋友宣傳自己的兒子要辦個人畫展，還親臨展場欣賞我的畫作得意地笑著……那模樣、那神情，在在給了我莫大的肯定，讓我堅信這件事是對的，也使我下定決心要再接再厲。我的第三場個人畫展父親依舊沒有缺席，一樣邀了許多親朋好友來參觀，而展場上笑容最燦爛的那位，也是我父親。

含淚而笑的小丑

電影《黃海追緝》中有一幕是久南同時被警察和黑道追趕，然後獨自躲在山裡嚎啕大哭。那場戲只有短短一分三十秒，很多觀眾以為應該很好拍，只要按下錄影鍵讓久南開始哭泣即可。短的話十分鐘，就算有NG也頂多拍二十多分鐘就會完成。

但如果我說那場戲花了我們整整一天拍攝，你們相信嗎？首先，劇組人員凌晨四點起床前往拍攝地，抵達現場光是架好攝影機和燈光就花了四小時。接下來造型梳化花了兩小時，然後是演員綵排。綵排主要是向劇組說明我要如何演這場戲，並按照我的動線安排攝影機的位置與各種鏡位。

雖然凌晨就開始準備，卻在日正當中才正式拍攝。

我們拍電影時通常會出兩台攝影機同時拍攝，一台負責在遠處捕捉全景，另一台則把鏡頭拉近一點。演員們會先把一場戲從頭演一遍，然後再一點一點調整攝影機和燈光位置，補拍約四次左右。這時，光是每一次鏡頭的移動就得花三十至四十分鐘。演員則必須維持好角色情緒，等工作人員就緒後隨時進行補拍，然後一直換位置補拍，繼續換位置補拍，再換位置補拍。

接下來會進入局部特寫拍攝，和拍全景時一樣，不停更換位置補拍各種角度，但是這樣還沒結束。最後要補拍插入鏡頭（insert shot），只拍一些特定部位或物品的特寫，例如：襪子、鞋子、傷口等，快的話三十分鐘，慢的話也要一小時才能拍完。

以上我說的這些拍攝過程都不是指整部電影，而是這僅佔全片一分三十秒的畫面，從導演、劇組人員到演員，只要是參與電影拍攝的每一個人，都如此辛苦，精雕細琢。所以在我的認知裡，演員絕對不是什麼優

Mask ｜複合媒材、畫布｜ 130×162公分｜ 2010

雅的職業，根本是「做苦工」。我這樣說並不是比喻，而是千真萬確的事實；演員不是憑藉自身天賦而一夕之間成名的那種職業。

不知從何時起，我開始透過畫畫展現自己對演員這行業的看法。雖然不是打從一開始就刻意計畫的事，但是當我回首過往的畫作時，會發現自己其實一直把「演員」作為繪畫主題。

也許就是從〈Actor〉（p.11）那幅作品開始的。相信各位都聽說過：「吃演員這行飯，臉會變漂亮。」需要經常站在攝影機前的我們，不僅知道自己哪個角度比較好看，還會運用平時不會使用的臉部肌肉，讓整張臉看起來更完美。所以演員們就算長得不漂亮，也一定容易引人注目。

這幅畫就是在展現演員的臉蛋。一般大眾在日常生活中大多面無表情，雖然會生氣也會笑，卻不會像演員那樣為了展現情感而刻意去運用臉部肌肉。因此，如果將演員的臉皮扒下來只剩肌肉的話，我想應該就會佈滿著那些極細微的肌肉紋理。

這種想法甚至讓我聯想到演員或許是戴著面具的存在。〈Mask〉（p.59）這幅作品在第一次個人畫展上展出時，我並不是很滿意。如今回想，可能是因為放了太多個人想法，所以才令我感到不自在。但是最近不曉得為什麼，突然對〈Mask〉這幅畫作特別有感覺。

直到今天我終於明白自己當初想畫的是什麼——我要畫的並不是單純的「臉蛋」，而是「小丑」，最能夠代表演員人生的小丑。

所以我開始描繪小丑，迄今為止，已經畫了好多個小丑，最深得我心的是一幅名為〈Joker Love〉（p.62）的作品。不曉得各位是否看過小勞勃・道尼主演的《卓別林與他的情人》（*Chaplin*・1992），那部電影的開場畫面到現在都還令我印象深刻——

有個正用冷霜卸下臉妝的人，帶著濃妝的半邊臉及卸了妝的另半邊臉同時出現銀幕上。我認為那就是演員的人生，不屬於任何一邊，而是站在那條分界線上。〈Joker Love〉這幅畫的誕生正是基於這樣的概念。

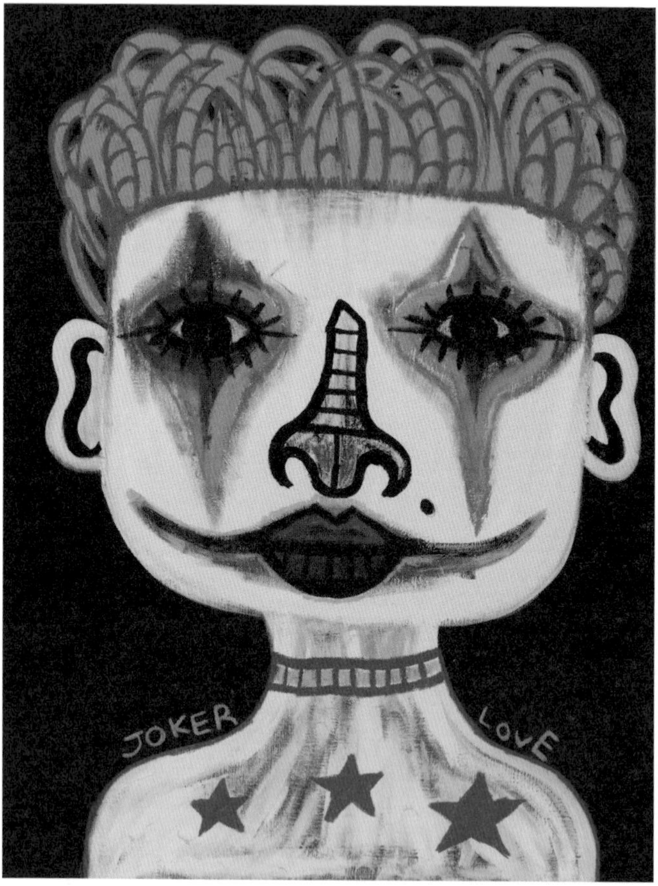

Joker Love ｜複合媒材、畫布｜ 117×91.5公分｜ 2011

Pierrot of Tears ｜複合媒材、畫布｜ 91×72.5公分｜ 2011

〈Pierrot of Tears〉（p.63）是我身邊的演員朋友最喜歡的一幅畫，也許是因為他們少有展現內心真實情感的機會，所以特別有共鳴。身為演員，不論當下自己的情緒如何，一旦攝影機開機，就必須忠於角色人物的情感，表現得淋漓盡致才行。所以我認為演員是「情感苦工」，就如同臉部會練出肌肉一樣，我們的心也會有肌肉生成。

〈I Don't Know Who I Am〉（左圖）這幅畫要和〈Baby〉（p.68）一起欣賞會更有趣。有人說過，小丑是天生注定的，這句話聽起來像幸運也像不幸。西裝筆挺的小丑用心妝點自己，但看起來仍然不像紳士，彷彿小丑的本質是藏不住似的。看著這小丑，令我想起法國的香頌歌手愛迪・琵雅芙（Edith Piaf）。她從小遭母親遺棄，在妓院長大，因罹患嚴重的眼疾雙眼失去視力，最後又奇蹟似地找回了視力。她的人生崎嶇坎坷，不禁令人好奇：難道只有經歷如此悲慘的人生，藝術才會開花結果？

其實像這一系列的小丑畫早已不是什麼獨特或新穎的主題，但凡講述

I Don't Know Who I Am ｜複合媒材、畫布｜ 100×80公分｜ 2011

藝術家生平事蹟的電影或傳記，經常可見。那為何我仍在說小丑的故事呢？因為我是演員，同時也是畫家；是演戲的小丑，也是畫畫的小丑，是我的演員身分引領我去創作這樣的畫，而且正因為是畫自己的故事，所以才不想把小丑描繪得太過悲情。

最重要的是，我不想如法炮製過去大眾對小丑的印象。我希望畫出另一款小丑，就如同每當我們看見小丑，會先想到快樂而非陰暗一樣。所以自從我開始畫小丑以後，用色變得比以往鮮明。也多虧那些光鮮亮麗的顏色，使我每次完成小丑畫時心情都特別好。總而言之，我畫的小丑都是快樂的。

就算小丑的笑容底下暗藏憂傷，也並不表示那張笑臉虛假，它只是另一項事實。在我的認知裡，小丑並不是一個隱藏真心、演出虛假的悲傷角色，反而是能夠反映出另個事實的人物，這才是真正的小丑。將自己視為虛偽小丑的人一定會很憂鬱；將自己視為反映出另個事實，並用它來打動人心的小丑，則會無比幸福。後者是我想呈現的。

雖然我不知道會畫小丑畫到什麼時候，但可以確定的是，還有好多想畫卻沒畫完的小丑。最重要的是希望這一系列的小丑畫可以讓大家笑，就如同小丑總是為人帶來歡笑一樣，甚至在開心之餘還有一絲感動，那我就別無所求。

我現在的客廳裡有好幾個小丑：一個還卸著妝，一個則是穿著西裝遛狗，另外還有三個小丑打扮得一模一樣、攜手排成一列，以及朝天空跳躍的小丑，也有含淚而笑的小丑。最後，還有注視著這些小丑的另個小丑，正寫著小丑們的故事。

Baby ｜複合媒材、畫布｜ 117×91公分｜ 2011

HwangHae ｜複合媒材、畫布｜ 91×72.5公分｜ 2011

你是屬於什麼顏色？

使用什麼樣的顏色是否會展現出心理狀態呢？有個熟識友人看完我的畫表示，他發現我很常用藍色，並詢問我原因；還有人認為我所畫的藍色不像天空或水一樣自然，而是像火海般強烈炙熱。

究竟我是處於什麼樣的心理狀態而經常使用藍色呢？我想藉這機會回想平時對各種顏色的感覺及印象，瞭解一下自己的內心。

先從我最喜歡的藍色說起吧。我對藍色的印象是正直，不，說得更精準一些，應該是「故作正直」。我覺得它比其他任何顏色都富含情感與故事，卻又有一種不想一次全部展現的那種節制，這令我非常放心，是個值得信賴的顏色。

有些人主張忠於自我最重要，所以如實呈現個人感受和意願是最好的。但其實在人際關係裡，那樣忠於自我的態度一旦拿捏不慎，就會顯得失禮。過度的情感表現反而很容易造成對方的困擾，甚至傷害到對方。那種態度會使自己只顧著自己，一點也不體恤對方。所以當我在和別人聊天時，通常會仔細觀察對方的表情和整體氛圍。面對現實生活裡的人際關係，我傾向藍色。

當然，有些人可能會覺得藍色看起來有些沉悶，有點保守，所以我通常不會只用藍色，會搭配其他顏色。我尤其喜歡藍色配黃色的組合。

但黃色並不是我喜歡的顏色。其實黃色不知為何讓我有一種不太正常的感受，難道是因為梵谷（p.282）經常使用黃色的關係？不論是他畫的麥田還是向日葵，都帶著一種黃色調，光看一眼就覺得在瘋狂燃燒，火舌不停地舞動。

所以當我用藍色配黃色時，一動一靜的互補顏色，創造出有趣的視覺呈現。當「小心翼翼的藍」遇上「瘋狂失控的黃」，激盪出故作正直卻又自由奔放的感受。彷彿看見一個人明明西裝筆挺，內心卻比誰都還要一派輕鬆自在。

反觀紅色則令我反感，說得直接一點，我覺得這顏色比較俗氣，不太容易揮灑。感覺紅色像是種會把所有東西、甚至是連沒有的都掏出來給人看的顏色。而我認為有些細膩的情感沒必要全都攤在陽光下。紅色給人想把自己的一切公諸於世的感受，這和想要有所隱藏的藍色恰好相反。

不過，「不得已」時還是非得用上紅色。好比不得不向對方生氣一樣，畫畫也會碰上不得已得用紅色的時候。每當自己非得表露出尚未過濾好的情感給對方時，總是百般掙扎，但是就如同屢屢警告過對方之後還未見改善，最後不得已只好拿出紅牌一樣——這項決定不是因衝動形成的。

當這紅色碰上黑色時，反而高雅起來，因為黑色宛如一張面無表情的撲克臉，強而有力。相較於憤怒者的臉，高深莫測者的面孔是否更令人不

Untitled ｜壓克力、畫布｜ 116.7×91 公分｜ 2008

寒而慄呢？黑色的沉著穩重正來自於令人摸不透的視覺感受。紅色在黑色旁邊反而顯得乖巧、高尚，想要全盤展現的紅色和想要全部隱藏的黑色相遇，自然達到一種協調與平衡。

因此，最重要的不是決定用什麼顏色，而是要用哪些顏色「搭配」。藉由「配色」，可以補強顏色的短處，也能創造出超乎預期的互補效果。

其實綠色是最令我苦惱的顏色，我常不曉得該搭配哪個顏色。應該說我根本不曉得什麼時候該用綠色。它是一個教我難以形容的顏色，無法像藍色或紅色那樣具體講出對它的感覺。不過當我想到偏藍色的藍綠色時，至少內心是平穩的，但只要一想到帶有一點黃色的青綠色，就會焦躁不安——這實在是一個令人摸不透的顏色。

到底綠色是什麼？什麼時候才可以用？和哪一種顏色般配？綠色是……對！綠色是《第二次愛情》（2007）裡我所飾演的異鄉人志河的顏色。當初在演這齣電影時，金真雅導演已向我們說明她對劇中角色的看法，以及每個角色適合的顏色。或許是導演大學時專攻西洋畫的緣故，她認為非法滯留美國紐約的志河最適合綠色，而跟志河從事性交易卻對他動真情的蘇菲最適合白色。

我們甚至還一起去挑選志河在電影中的戲服，還針對這角色的「保護色」分享了自己的看法：

志河非法居留紐約，所以需要保護色隱藏自己。都市極簡風的黑白灰，是屬於實際住在該城市裡的當地人的顏色。對於志河來說，應該要有屬於他自己的其他顏色，可能類似綠色、墨綠色或老舊泛黃的黃色。那些顏色徹底融入中國城，使身為異鄉人的志河和周遭融為一體，自然而不突出。

正因為有這樣的討論和四處查證，電影中的志河身穿綠色短袖T恤和

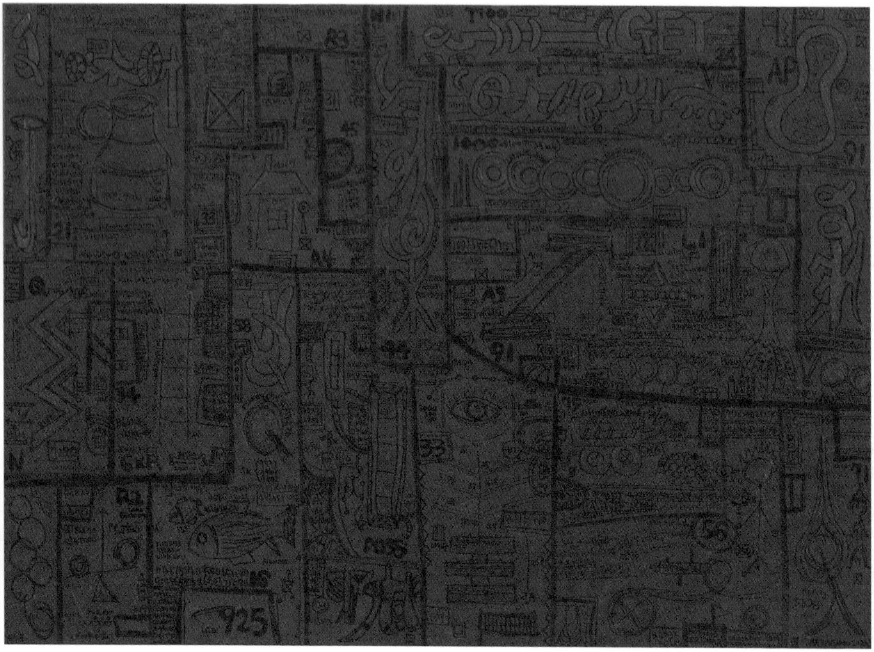

Production 1 ｜複合媒材、畫布｜ 65×90.5公分｜ 2010

Fishes | 複合媒材、畫布 | 60.5×73公分 | 2009

一襲白色洋裝的蘇菲相遇。這段跟導演事前溝通的過程很重要，讓我得以掌握志河的性格。顏色不僅能讓人想像性格，也會左右某種情境的氛圍。曾有人問我：

「正宇，你希望這場戲是什麼顏色？」

當時在拍《追擊者》，燈光師李哲宇在拍審訊室那場戲前問了我審訊室適合的顏色。他是第一個問我關於「顏色」的人，也多虧這個問題，使我有機會認真思考原來光線、顏色能讓一場戲更加豐富。

對於燈光師的問題，我的回答是：藍色，而且是帶有陰鬱、陰森感的那種藍，所幸我們的看法一致。自此之後，每當我在思考角色人物或場景時，顏色就成了我一定會考慮進去的元素。

由此可見，顏色真的是強烈而關鍵。只要我們活在有光的世界裡，顏色就會不斷影響我們對事物的印象及情感。所以我想要在用色時更謹慎一些，讓欣賞我畫作的人可以享受顏色所帶來的最原始的快樂。

在畫作面前煩惱著該填上什麼顏色的我，逐漸清楚知道自己是個怎樣的人。我傾向藍色，卻懂得與黃色為伍，我討厭紅色，卻曉得什麼時候該用紅色，我明白黑色的力量，然後對綠色依舊有些障礙——這就是我。

致我人生的活力來源——S

你睡得好甜啊，明明每次都會被我騷擾，卻還是天真地睡著了。看著這樣的你，害我靈光乍現，夜不成眠。你該不會早已忘記了吧？每當你睡著時，我都會躡手躡腳地靠近你，朝你緊閉的雙眼吹氣，然後你會突然驚醒，全身顫抖，發出呼嚕嚕的聲音，今天要不要也試試？不，我看今天還是試試看別的好了。

我先用油性筆在你的臉上塗鴉吧。已經很久沒在你臉上塗鴉了，是時候該畫一下了。首先把眉毛連成一條線，然後描上粗黑的眼線，鼻子旁邊幫你點上一顆痣，再加上充滿野性的鬢角？這樣你會重生為全世界最帥的男子！

Wig？ | 複合媒材、畫布 | 91×72.5公分 | 2011

如何？

不對，這以前畫過很多次了，而且還很難卸，都要用擦澡巾幫你用力搓臉才洗得掉，每次都害我好心疼，所以我決定下次一定要幫你畫個讓其他人也能看看你那性感臉蛋的塗鴉。如此有趣的畫面，怎麼能只有我獨享，太自私了。

如果要讓你不去擦掉塗鴉……對，只要不讓你發現有被塗鴉不就好了。所以上次你趴著睡覺時，我在你後頸上用油性筆寫了幾個字，比我當初幫你畫超逼真的血管時反應更熱烈。我當時煩惱了好久，究竟要寫什麼字才會讓你看起來最突出、最引人注目，畢竟哥哥我可不是會隨便亂塗的人，凡事都需要經過縝密的思考才創作。不過那句話是否寫得太情色？不，不會，我覺得剛剛好。

話說回來，S啊，我看你今天沒有把鹵素燈關掉就出門了。兩年前你說要搬來和我一起住的時候，我們不是約法三章了嗎？彼此要發揮主人意識生活，你應該沒有忘記才對。出門前一定要把鹵素燈關掉再出門，這樣才不會浪費電。還有，手機充電器不用時一定要把插頭拔掉。明明是很簡單的事，今天看你還是沒做到。

發給你一張「火紅穿搭卡」！這樣你收到幾張了呢？該不會已經到要執行的時候吧？你現在沒有「金鑰」？只要有一張「金鑰」，這次發給你的「火紅穿搭卡」就可以抵銷掉欸……（「火紅穿搭」是我經常對感情要好的後輩開的玩笑。我會選定一種風格，幫對方從頭到腳大改造。要是平常表現不錯，就會獲得一張「金鑰」，可抵銷一次火紅穿搭。）

不過我看你最近都沒發揮主人意識，照理說不會有我發給你的金鑰才對，那麼看來是時候進行火紅穿搭了喔！讓我想想……擇日不如撞日，乾脆今天就來執行吧？

還記得你之前在保險公司上班時，我有一次幫你做的大改造嗎？你說你那天要見愛馬仕品牌高階主管，我就特別幫你量身打造了一身橘。從橘色襯衫、橘色上衣到橘色褲子，然後還用紅色運動鞋點綴。我應該還留著你當時和那名主管的合影，我放去哪裡了呢……今天要不要也像那次一樣選一個主題顏色進行大改造呢？

不，這太老套了，還是趁天冷先來個電影《B咖大翻身》（2009）裝扮吧？雖然上次已嘗試過一次，但今年冬天雪下得尤其多，應該更適合，再來一次吧！我可以把拍電影時穿的那套滑雪服拿出來借你穿。這次記得要穿那身衣服和教授一起拍一張跳躍的姿勢照給我喔！

等等，我覺得這樣了無新意，而且你穿那樣去學校，研究所同學說不定會瞧不起你，我可不能這樣陷害你。想當初你研究所入學時，我多麼擔心你會因為戲劇系畢業而遭同學鄙視，所以當時才會那麼費盡心思幫你弄火紅穿搭。給你穿上完全符合秋天的印度風大寬褲，再加上華麗的花襯衫，還配一雙雪靴。

S啊，如果覺得火紅穿搭太麻煩，難得的機會要不要當一下泡菜宣

Nothing to Talk About ｜複合媒材、畫布｜ 130×116公分｜ 2011

傳大使？雖然我不曉得你到底為什麼不愛吃泡菜，而且只要一吃泡菜就會吐，但我們不妨來宣傳泡菜的優點如何？一天三餐都吃一點泡菜，然後把吃下肚的心得錄下來，好不好？夜深了，還是哥哥我乾脆就忍耐這一次，不折騰你了？

S啊，你是不是很想知道我到底為什麼要這樣對待你？我其實也不懂自己為什麼這麼愛捉弄人。所以我仔細想了一下，應該只能怪我骨子裡遺傳了這樣的基因吧。自我有記憶以來，我們家的人就很愛開玩笑，也很常捉弄人。

小時候我和弟弟兩人一起看電視，每次只要看到最精采、劇情來到最高潮的畫面時，電視就會突然被關掉，留下錯愕不已的我們面面相覷。到底為什麼電視會突然關掉，驚訝之餘又覺得莫名其妙，「呃啊！那個地方絕對不能錯過啊！」正當我們心急如焚時，一回頭就會發現爸爸在我們的身後竊笑。原來凶手就是他，他都會拿著遙控器，默默在我們身後等待最關鍵的時刻按下電視開關。

而且不只爸爸這樣，我們有一位嫁給美國空軍上校的姑姑也是。她原本是一名爵士歌手，後來在一場表演中遇到了現在的姑丈，兩人一見鍾情，最後步入禮堂。總而言之，姑姑和Joe姑丈平時都住在美國，偶爾回來一趟，然後二伯都會把握這機會去捉弄他們。接下來這段故事是奶奶在世時發生的，你不妨聽聽看。二伯跟現在的我一樣，非常有計畫性地捉弄人。

二伯先對奶奶說，姑丈這次會帶他父親來韓國，結果他戴上面具，坐在房間一隅，一場情境喜劇即將上演。奶奶因為年歲已高，視力退化，所以二伯故意喬裝成姑丈的父親，打算整奶奶。在場每個人都知道二伯在惡作劇，只有奶奶渾然不知，還以為姑丈的父親真的來到家裡，害她坐立難安，口中還不停念念有詞：「我說那個人幹嘛跟來呢，到底要怎麼招待那個高鼻子、藍眼睛的親家啊？」你都不曉得那個畫面有多好笑，我們在場所有人都笑到快要翻過去……

我想，我身體裡一定也流著這種特質的血液。因為奶奶也不是什麼省油的燈，小時候我很常待在奶奶身邊，她是一位幽默風趣的人。說話總是慢條斯理，卻句句藏著玩笑話，喜歡一本正經地開玩笑。後來我才知道，原來當時住在同一個地區的小混混全都認識奶奶，可見她膽子多大。

某天，我在家中發現了一卷錄影帶，於是決定帶去奶奶家和她一起觀賞。猶記當時我只有國小二年級，我和奶奶兩人坐在電視機前，等待電影開始，結果沒想到那竟然是一部色情片。

更令人意外的是，奶奶居然叫我不要關掉，所以我們祖孫倆一起看了將近三十分鐘。你有辦法想像嗎？孫子和奶奶一起看色情片的畫面？然後她還對我說：「聖勳，你看那邊，我們家聖勳長大後也要變那麼大才行喔！」如今回想還是覺得太有趣了，她就是這麼有趣的酷奶奶。後來她在七十六歲那年過世，我和大伯還在殯儀館前丟銅板——就連送她最後一程

I Saw You Dancing ｜複合媒材、畫布｜ 130×116公分｜ 2011

也都盡量維持在歡樂的氣氛。

我們家的人都易怒，個性比較急，一旦被惹毛，就會直接衝出去拚個你死我活。但我們也都有著幽默風趣、調皮搗蛋的基因，徹底承襲了爺爺和奶奶的血緣，哥哥我也是如此，你也認同吧？

S！我都弄好了，明天早上一起床，你應該會嚇一跳。就算你把這局面收拾乾淨了，等出門時還是會再嚇一跳。哎呀，真想看看你的反應，畢竟要對到那個的點才會徹底整到你，我深怕你早已看透我的整人技倆而無感，所以我總是不斷精進整人計畫，好讓你猜不到我的詭計。惡作劇的美學正是來自於這種計畫不斷的微調與更新。

我該來睡覺了。那麼S啊，希望未來你也能一直當我的人生活力來源，掰嘍！

河正宇心愛的藝術家：巴斯奇亞

「有感覺」，當自己被某個事物深深吸引，卻又說不上來究竟是什麼感受時的表現。比方說，走在路上看到秀麗的風景時，就會用「很有感覺」形容。要是把這風景說得再清楚一點，就會變成「這間店的屋頂和招牌被陽光照得色彩鮮明，像是國外才看得到的風景」。然而一旦這麼一說，就會覺得好像沒什麼特別了。

巴斯奇亞的畫就是如此，每一幅畫都令人不禁讚嘆「很有感覺」。那些神秘文字以及看上去像畫失敗的構圖，都讓我愛不釋手，所以我經常對朋友說我很喜歡巴斯奇亞。每當他們問我為什麼喜歡時，除了「很有感覺」，我找不到其他更適合的句子形容。雖然試著找到喜歡的原因，例如：他的作品像孩子一樣純真、看得見塗鴉藝術的才華與自由奔放等。但這些字眼都不足以說清楚巴斯奇亞，所以我只能用「很有感覺」形容。

我喜歡他畫的人臉，彷彿被人痛毆一頓後重新拼湊而成，很有意思。此外，我很喜歡他使用的藍色、黃色，以及看似隨意塗上去的紅色，尤其在黃色上暈染開來變成橘色的地方，帶有一股哀傷，這些細節我愛不釋手。仔細看他描繪的頭顱會發現很像建築物，這點也很有意思。但這些都不是我真正喜歡他的理由，因此我會一句話簡短帶過：「很有感覺！」

・尚・米榭・巴斯奇亞（Jean Michel Basquiat・1960～1988）

美國塗鴉藝術家，父親是海地人，母親是波多黎各人。他以SAMO（Same Old Shit）之名，在紐約現代美術館前兜售親手繪製的明信片，創造出屬於自己的藝術世界。他被譽為普普藝術風裡的自由抽象畫家「黑人畢卡索」。最後因吸食過量古柯鹼而死，得年二十八歲。

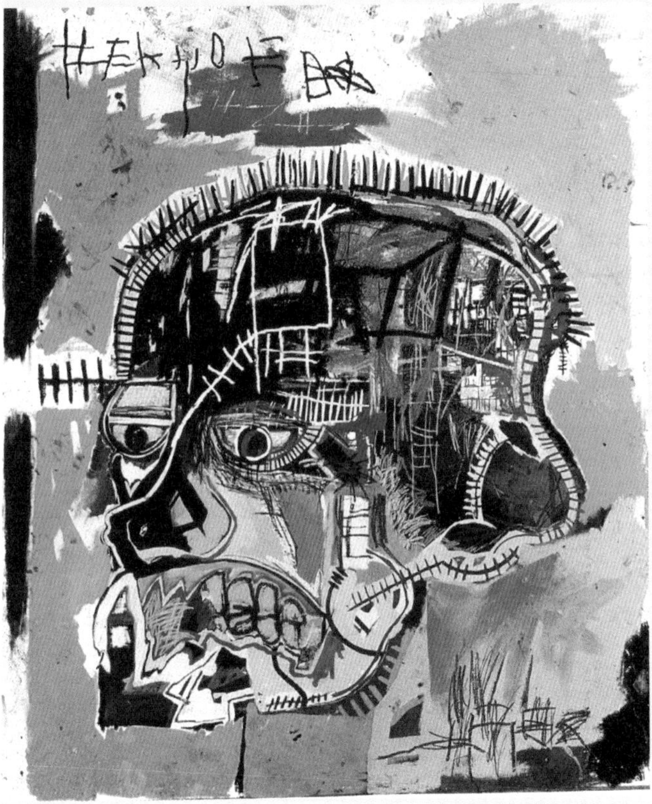

Untitled（Skull）｜複合媒材、油畫棒、畫布｜ 205.7×175.9公分｜ 1981

河正宇心愛的藝術家：愛德華．霍普

愛德華．霍普擅長捕捉稍縱即逝的風景。他的畫作靜謐悠然，卻帶著某種痕跡，彷彿一陣喧鬧才剛離去，景物好不容易靜止下來的感覺。〈Rooms by the Sea〉這幅畫依然展現著愛德華．霍普獨有的畫風。看似平靜的房間，不免令人覺得哪裡有異，感覺不久前發生了什麼事，就算明亮陽光灑落，也難以將這幅畫裡的詭譎氣氛整頓好。難道說，不久前才剛有五、六名年輕人在這裡聚集嘻鬧過？說不定，有個人正站在那間微微可以瞥見的客廳裡。

霍普的作品總是能讓觀賞者自行創造故事，而且每個人想像的故事都可能不一樣，因為通常會帶入個人的經驗。這幅畫雖然看上去空蕩蕩的，卻有著一股力量牽引著觀眾，我對於這點深感欽佩。

・愛德華・霍普（Edward Hopper，1882~1967）

美國寫實主義畫家，畢業於紐約藝術學校，於一九〇六年遠赴巴黎留學。他原本從事蝕刻版畫、素描創作，一九三〇年起才再度轉為水彩畫和油畫。他寫實地描繪出寂寥的都市風貌，並藉此展現人類的孤獨。代表作有：〈Hotel Room〉、〈夜遊者〉、〈Seven A.M.〉等。

Rooms by the Sea ｜油彩、畫布｜ 74.3×101.6公分｜ 1951

河正宇心愛的藝術家：佩頓

一名男孩手撐著臉躺在沙發上，看似舒服的姿勢，卻在紅色沙發和青綠色上衣的對比配色下，使少年的身體看起來有點緊繃。再加上迴避別人視線而往下看的眼神，猜測他是個脾氣執拗的少年。他的紅唇比沙發顏色鮮紅，這也使他看起來更顯怪異。

佩頓的畫作本來就以人物苗條及用色強烈著名，所以不論是什麼人物，在佩頓筆下，就會變得和本來的樣子大相逕庭。比起描繪人物的表象，感覺佩頓更想要捕捉人物的性格或氛圍，也許這才是更貼近「真實」的畫作。

因此，這男孩可能跟實際模特兒長得完全不同。據說是個比佩頓小三歲的波蘭藝術家，但不論他長什麼樣子，感覺一定是有敏感細膩、神經質的特質。這樣看來，我的那些畫作似乎也符合佩頓的「寫實性」，因為我也是盡可能把心中的圖像如實表現出來。

・伊莉莎白・佩頓（Elizabeth Joy Peyton・1965～）

美國畫家。初期主要畫拿破崙、伊莉莎白一世、路易十四等歷史人物，後來逐漸改畫科特・柯本（Kurt Cobain）、約翰・藍儂等明星肖像。由於她作畫時都不是看著人物描繪，而是藉由照片進行，所以畫出來的往往是透過直覺所捕捉的形象，並非重新複製人物。她將所有人描繪得又瘦又白，進而創造出自己的畫風。把水彩作品畫成油畫、油畫作品畫成水彩畫的感覺是其作品特色。

Piotr on Couch ｜油彩、木板｜ 20.3×25.7公分｜ 1996

河正宇心愛的藝術家：波拉克

波拉克以滴畫法著名，他將巨大的畫布平鋪在地，親身走入畫布中滴灑顏料。相信各位一定看過他作畫的樣子，我也是看了講述他生平的電影之後，發自內心讚嘆「原來還可以這樣作畫」，遂開始嘗試滴畫法。

然而，滴畫法並非波拉克的全部，一窺他創作初期的畫作，即可知道當時他的作品並沒有如此深奧。其中一幅名為〈Male and Female〉的畫作，看得出他是一位幽默風趣、悠閒自在的人。各位可以先看藍底黃線的搭配，兩種顏色的鮮明對比，給人清新的感覺。

我尤其喜歡隱藏在色塊之間的那些線條。例如作品上宛如女子身體的紅色區塊和黑色區塊間隱藏的黃線，還有畫作中央白色區塊上的黑色線條，那些線條就像是隱藏在聊天時的小幽默，活力十足。也許波拉克是暗自竊喜地在畫這些線條，而每當我發現那些小幽默時，也會不禁莞爾。

• 傑克遜．波拉克（Jackson Pollock，1912~1956）

美國抽象表現主義畫家。初期深受墨西哥壁畫運動及畢卡索、胡安．米羅（Joan Miro）的影響，後來以希臘神話為主題。創作以潛意識行動為主，描繪幻象。自一九四七年起，他開始運用著名的「滴畫法」——在畫布上滴灑顏料、使顏料流向四處的繪畫技法——創作。一九五一年開始則幾乎只使用黑色顏料作畫，這段時期的他嚴重酗酒。最後在一九五六年因一場車禍不幸身亡。

Male and Female ｜油彩、畫布｜ 186.1×124.3公分｜ 1942~1943

Part.2

演員

An Actor

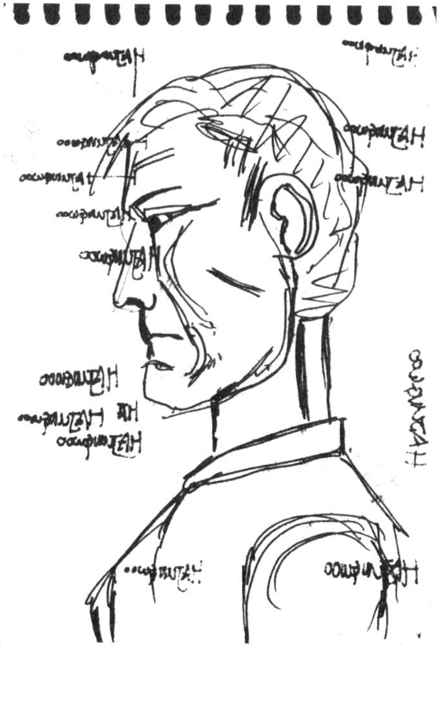

我又不是巫堂，怎麼會被附身又有感覺……

聽演員談演戲這件事時，有一句話絕對不能信：「我變成了某某角色」或者「我被某某角色附身」。身為演員，我很難相信有人說和劇本裡的角色百分之百合而為一。因為一般人都不太了解自己內心在想什麼了，怎麼可能完全掌握一個虛構角色的心，甚至完全變成那個角色，對我來說簡直是天方夜譚。接下來，我想要與各位分享我對演戲這件事的看法，且聽我娓娓道來。

首先，我認為演戲是種「研究」。當演員拿到劇本後，就會像考生準備考試一樣反覆細讀。小時候問班上模範生的讀書秘訣時，他們總是一臉沒什麼絕招的表情告訴你：「把教科書認真讀完就好啦！」不是嗎？

當時我並不信這種鬼話，但直到我成了演員以後，才終於體會那句話的意思。劇本對演員來說其實就是教科書，這並非比喻，而是事實。我會用筆在劇本空白處寫下想法，也會用螢光筆標出難以理解的段落。由於劇本上只會簡單寫著場景描述和台詞，於是角色的表情、口吻、姿勢等，都必須由演員想像或揣摩並具體演出來才行——演員等於是在為劇中角色骨架增添皮肉。

接著，我認為演戲要「練習」。通常大家都以為演員是背好台詞、抓住當下情緒拍攝，換言之，大家會以為演員是在拍攝現場「有感覺」後，立刻投入演戲。當然，有些演員的確是這樣演的，但我不是。我會在開拍前充分練習，就如同籃球員一天要投一千顆球、鋼琴家要一直彈奏同一段樂曲一小時一樣，一旦我想清楚台詞要處理成什麼感覺後，就會反覆排練，讓那份感受徹底發揮。

7/17 (화) 18日까지 1막, 각창아다. 쓴 이유를 정하기.
19日까지 분장컨셉표 제출
20日까지 대본수정한 것 연출부에게 제출.

8/20. 책상에 앉아있을때 머리 피고 있기. 아이디어가 떠오르는 과정에서 안파치는 feel. 참고하기.

* 극에서의 작가의 역할.
극에서의 절대자.
연습 끝나고 10분이라도 아이디어 회의 하기. ((작가 team)
team 이름 정하기

8/21 너무나 기계적인 시선처리.
골고루 봐주자
상대배우
요부분

< 작품의 주제 >
· 초라한 인생살이 속에 묻어나는 웃음과 눈물
· 다양한 인간들의 모습속에서 묻어나는 웃음과 눈물 그리고 무대들의 이야기.
희로애락

* 막과 막사이 / 장과장사이 부분이 좀 지루하다.

* 작가의 등장에 있어서 안경의 변화를 주면 어떨까?

8/22 작가의 포즈를 줄이자.
피터다 작가가 포즈가 비슷하다

8/22 * 작가 ⇒ 찰리채플린, 안타리노.
로빈윌리암스.
(어떤 연극에 첫 공연이 시작되는 어떤 극장에)

* 작가는 언변이 뛰어나다
· 작가는 성질이 급하고 감정의 기복이 심하다. · 개성적인 성격이 강하다.
· 장난기가 많다. 순수한 아이들의 모습이 있다) · 만화를 좋아한다. 귀여운 이미지.
· 휴머니스트다.
· 아기를 좋아한다.
· 마음이 따뜻하다
· 작가는 어떤 주체적인 사건을 갖고 글을 쓰지 않는다.
· 순발력이 좋다.
· 상상력이 풍부하다.
· 의협심이 강하다.
· 비판적인 성격도 가지고 있다.

8/26 역에 대한 정열성을 얻자.

*무대계획표 "시골에서의 한달"

* 24日까지
소품, 의상 컨셉표 제출

* 8/16 작가
편한 ○사가,
틀리지 않는다.

* 작가 감정 연구
→ 퇴장후에 무엇을 할까?

8/21 전체 읽기.

8/10 작가는 앞서가야 한다.

8/6 一
8/7 下
8/8 正 正 正 正
* 이상한 리듬 없애기.
8/9 正 一 8/22 丅
8/10 下
8/13 正 8/15 正

* 내 자신을 믿고 내 감각으로 가자.
8/8 V 대사를 소중하게 하자.
9/1 새벽.
오늘도 변함없이 무사 없사해서 대본을 떨쳤다.

* 작가의 책상 (8/9)

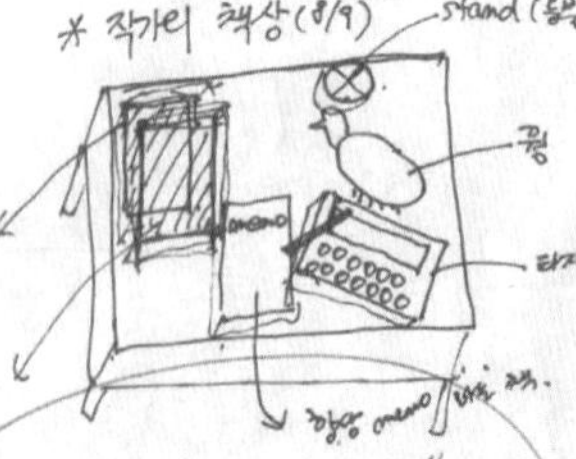

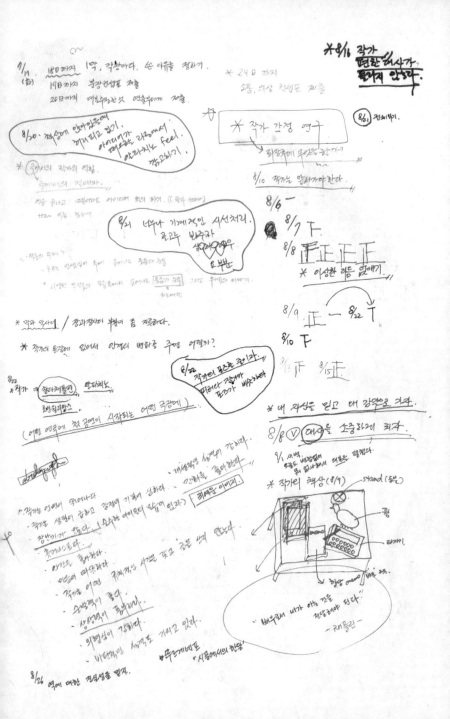

" 배우로서 내가 아는 것을 전달해야 된다"
- 채플린 -

[피터]

자, 아주 멋지게 됐죠? 정말이지 전문가가 하는 일이란 뭐든지 예술의 경지에 들어가는 법입니다.

전 그여자를 쳐다보지도 않았고, 서로 말 한마디 주고 받지 않았지만, 그 여자는 이미 저에 대해 많은 사실을 알았습니다.

(우선) 제가 독신이라는 거. (가슴에 두 손을)

(둘째), 제가 사랑에 빠져있다는 거 ⇒ 로맨틱한 여자가 항상 관심을 가질 수 있는 얘기죠. (두 손을 내리고, 눈썹을 내린다)

(셋째), 그리고 세번째로는 제가 뛰어난 스포츠맨이라는 거! ⇒ 특히 둔하게 생긴 남편과의 좋은 대조. (오른쪽 손을 올리고, 왼쪽 손은 허리에 붙이고, 한쪽 눈썹을 올린다)

(넷째). 다음 네번째로 가장 중요한 것은 제가 여자들한테는 위험할 정도로 매력이 있을 수 있다는 거. (가슴에 두 손으로 하트 모양을 그린다, 고개는 살짝 숙이고) 쪽쪽

* 물론 지금으로서는 그 여자 보기에 기분 나쁜 사람이겠죠. 그 이유는...

(먼저) (웃음) 섹시한 바람둥이라는 거. (엉덩이를 약간 흔든다). (고개를 살짝 돌린다).

(둘째) 제가 아무에게나 너무 솔직하게 얘기해 버린다는 거 (두 손 편다).

(그리고 셋째) 제가 관심을 쏟고 있는 여자가 자기가 아니라는 사실 때문입니다. (그냥 서서). (고개를 약간 숙인다).

#. 자 너무 자신만만하게 보였다면 용서하십시오. 하지만 모두 사실 아닙니까?

← * 대사를 몸동작으로 표현하기.

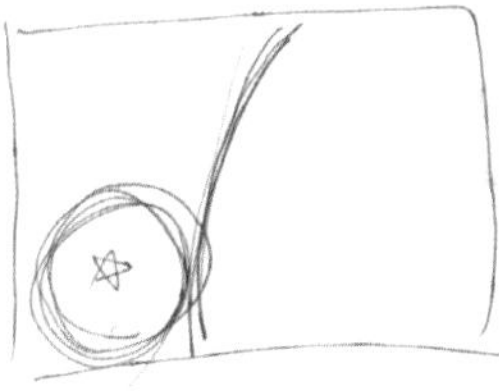

※ 자, 여기까지 방법을 다 잘 적으셨겠죠? 그럼, 이제부터는 약간 어려워집니다. 이번 단계는 최면을 거는 단계거든요! 하지만 눈으로 거는 최면이 아니라, 먹이를 노리는 독사처럼, 혀로 하는 최면술입니다. 그리고 물론 상대는 아직도 그 남편입니다.

자, 제가 몇일 후 아주 우연인 것처럼 그 친구를 클럽에서 만나게 됩니다. (혀를 내민다).

• 세상에 나를 그런 눈으로 바라볼 사람이 있다면야... 그런 사랑과 정열의 눈으로 나를 바라본다면 난...

8/20. 대사를 생각없이 10번보기. 대사를 적자.

그런 눈길을 받을 때는 물론 여자 가슴이 떨리는 거까지 느껴지겠죠.

그리고 물론 상대는 아직도 그 남편입니다.

我會在台詞本上標記日期和「正」字，表示在哪一天閱讀及練習次數（這裡指舞台劇使用的台詞本）。尤其是在拍攝電影《第二次愛情》時，有英文台詞，所以我的台詞本上標著密密麻麻的「正」字。在那部戲裡，我飾演非法居留者，必須創造符合該角色的說話口吻，更何況我的英文實力沒有到很好，只能靠勤能補拙的精神克服。也就是說，像這種情形怎麼可能單純只靠「感覺」彌補自己的不足。

最後，在我看來演戲是「協調」。雖然研究、練習劇本乃演員分內事，但是拍一部電影是和導演、工作人員及其他演員一起合作共同完成的事。尤其導演在這當中扮演著至關重要的角色，因為一部電影最終仍屬於導演個人的創作產物，而演員只是裡面被攝影的對象罷了。

因此，通常在正式開拍前都會和導演朝夕相處個兩天一夜左右，針對角色的理解、細微的情感表現等，發表各自的看法，展開深度討論，相當於經歷一連串的協調過程。

舉例來說，演員的情感表現會依照導演想要如何呈現而改變。電影《B咖大翻身》中有一幕是我要一邊看著滑雪夥伴做出跳躍動作，一邊在腦中浮現對方過去咬牙練習的過程，進而因對方實現了夢想而為他感到驕傲、喜極而泣。這一幕非常感人，所以我帶著滿分十分的情緒準備上場演戲，但金榮華導演卻告訴我那段畫面會配上比較戲劇性的音樂，而光是配樂就足以煽動觀眾的情緒，我便不需要投入太多的情感演得太過激動。於是我收回三分，只拿出七分的情緒演這場戲，這就是我所謂的協調。

一旦完成研究、練習、協調這三階段，我便會正式上場演戲。這時候演起來如同「播放」，只要按下播放鍵，就能馬上播出至今練習的成果。要是能夠在拍戲現場「有感覺」，自然再好不過，但誰都無法保證每一場戲都一定「有感覺」，不是嗎？我只是把事先準備好的演法不折不扣地呈現出來罷了。

1막 1장.. "작가"

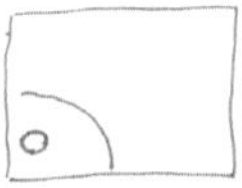

(작가가 서재에 앉아 글을 쓰고 있다.고개를 들고 뭔가 생각하다가 관객을 본다.)

【작가】 아, 벌써들 오셨군요. 반갑습니다. 그렇지 않아도 마침 글을 쓰기가 따분해서 누구랑 같이 앉아 얘기라도 했으면 하던 참입니다. 보시다시피 여기가 바로 제 서재입니다. [redacted] 저는 매일같이 바로 이 책상에 앉아 오직 한 가지 생각에 골몰하고 있습니다. 난 써야 한다, 써야 한다, 써야만 한다!

[redacted] 아무튼...전 그동안 여기서 꽤나 많은 글을 썼습니다. 너무 많이 쓴게 아닌지 모르겠지만 사실 저 창밖을 보면 세상이란 건 정말이지 무지하게 빠른 속도로 지나가고 있다는 걸 느낍니다. 그리고 그럴때마다 저는 어떤 회의랄까 하는 걸 느끼는데 도대체 나란 사람을 이 방에다 앉혀놓고 매일매일 지칠 줄 모르게 글을 쓰게 해서 페이지를 메꾸고 여러가지 얘기를 만들어 내게 하는게 도대체 무슨 힘일까 하는 겁니다. 질문은 거창 했지만 대답은 간단합니다. 별 수 없죠...난 작가니깐 글을 쓰는 수 밖에!...어떨땐 제가 아무래도 제 정신이 아닌거 같다 하고 느낄때도 있습니다. [redacted] 누구랑 같이 앉아서 얘기를 하다가 갑자기 아무런 소리도 들리지 않고 움직이는 입만 보이는데 나는 입으로 그저 '네, 그렇죠, 아~' 하는 식으로 건성 대답만 하면서 머릿속에서는 ' 이 친구는 이런 얘기에 등장하는 요런 인물로 쓰면 딱 맞겠구나' 하는 생각이 떠오르는 거예요. 그리고는 곧 신바람이 나서 얘기를 하나 씁니다. 다 쓴 다음에 그걸 교정하기 위해 한번 더 읽을 때 까지도 아주 기분이 좋죠. 그런데 막상 그 얘기가 인쇄 되어서 책으로 나와 버리면 전 그렇게 창피할 수가 없답니다. 보면 죄다 잘못 쓴 거고 완전히 실패작인 거예요. 그래서 차라리 쓰지 말걸 그랬다 후회하면서 아주 비참해 집니다. 그런데 그걸 사람들은 열심히 읽죠. 그리고 평을 합니다. " 아주 훌륭한 얘기로 톨스토이의 정신을 훌륭히 계승하고 있는 작품" 이라는둥 " 뚜르게네프의 '아버지와 아들들' 에 비교될 수 있을만한 작품" 이라는둥 가지가지죠. [redacted]

그래서 사실 오늘 여러분이 이곳에 오시기 전에 전 이런 생각을 했습니다. 언젠가 일진 모르지만 아무튼 작가라는 짓거리를 그만 두어야 할 때가 올거라 이거죠. 그럼 대신 뭘 하냐구요? 사실 이런 얘기 이제껏 해본적이 없습니다. [redacted]만 오늘 이 극장에 오신 여러분한테 뭐 제가 솔직히 말씀 드리죠. 제가 진짜 하고 싶었던 일[redacted] 아주 어릴 때부터 언제나......아 잠깐만요! 메모 좀 해야 겠습니다. 갑자기 얘기가 하나 떠오르네요! 이거 진짜 재밌는 단편이 되겠는데요. 극장 얘기를 하다 보니 갑자기 아이디어가 떠오르네요.

[redacted] 장소는 바로 극장입니다. 어떤 연극에 첫 공연이 시작되는 어떤 극장에 수 많은 예술 애호가들이 모여서 서로 인사를 주고 받으며 무슨 작품인지는 모르지만 그래도 작품에 대해 한마디씩 떠드는데... 그중 한 사람 예외가 있었으니 그의 이름은 이반 일리치 체르디아코프!

[남편] 고맙네. 그나저나 자넨 조금도 변함이 없군. 아, 참 내 집사람 이레나일쎄. 처음이든가? 아니지, 전에 만났군. 베시로브 식당에서 식사때 옆에 앉았지? 여보 이레나, 혹시 이 못된 친구가 당신한테 무슨 얘기 한 거 없지?.. 당신은 모르겠지만, 이 친구는 못된 독신주의자에, 바람둥이에 또 칼솜씨 좋기로 유명하니까, 조심하는게 좋을꺼야. 피터, 안됐지만 그래도 이정도면 자네를 좋게 얘기한 셈 아닌가, 하하하..

[피터] 자넨 너무하는군 (부인을 힐끗 보며) 안녕하십니까, 부인? (모자를 슬쩍 건드린다. 그러나 거의 부인을 보지 않는다. 부인은 고개를 까딱 하고는 돌아서서 꽃을 본다)

[남편] 우린 지금 산책중인데, 바쁘지 않으면 같이하지.

[피터] 아 고맙네 닉키. 하지만 난 지금 여길 떠날 수가 없네. 내 인생에 새로운 사랑이 시작됐거든. 내 두 다리는 납덩이 같애. 그래서 내가 사랑하는 그 여자가 안 보일때까지 난 움직일 수가 없어.

(관객에게) 너무 심하다구요? 참을성을 갖고 계세요!

[남편] 뭐야? 자넨 항상 웃기는 소릴 하는군. 어디있어? 누구야? .. 물론 예쁜여자겠지?

[피터] 예쁘다니, 그런 흔한 말은 쓰는게 아닐쎄. 감격적이랄까? 완벽한 모습이랄까? 아냐 그래도 부족해!

[남편] 그런데 왜 여기서 구경만 하나? 뭔가 문제 있구만!

[피터] 그야 언제나 똑같은 문제지. 그여잔 남편이 있거든. 아, 아무래도 난 희망이 없나봐!

[남편] 허허허, 자네 이젠 별소릴 다하네. 이게 내기라면 난 자네편에 걸겠네. 내가 언제 자신 없는쪽에 거는거 봤나? 자, 자신을 갖으라구. 우린 가야겠네, 힘내라구! (나간다)

[피터] 음, (모자를 건드리며) 반가웠습니다 부인!

(관객에게) 자, 아주 멋지게 됐죠? 정말이지 전문가가 하는일이란 뭐든지 예술의 경지에 들어가는 법입니다.... 전 쳐다보지도 않았고, 서로 말 한마디 제대로 주고 받지 않았지만, 그 여자는 이미 저에 대해 많은 사실을 알았읍니다. 우선 제가 독신이라는 거, 두번째는 제가 사랑에 빠져있다는거, 로맨틱한 여자가 항상 관심을 가질수 있는 얘기죠. 그리고 세번째는 제가 뛰어난 스포츠맨이라는거! 특히 둔하게 생긴 남편이랑은 아주 좋은 대조가 되겠죠. 다음 네번째로 가장 중요한 것은 제가 여자들한테는 위험할 정도의 매력이 있을수 있다는거! 물론 지금으로서는 그 여자 보기에 내가 기분 나쁜 사람이겠죠. 첫째 제가 바람둥이 라는 거, 둘째 제가 아무에게나 너무 솔직하게 속마음을 얘기해 버린다는 거, 그리고 셋째는 제가 관심을 쏟고 있는 여자가 자기가 아니란 사실 때문입니다. 자, 너무 자신만만해 보인다면 용서해 주십시요. 하지만 모두 사실 아닙니까? 자, 여기까지 방법을 다 잘 적으셨겠죠? 그럼 이제부터는 약간 어려워집니다. 이번 단계는 최면을 거는 단계거든요. 하지만 눈으로 거는 최면이 아니라, 먹이를 노리는 독사처럼, 혀로 하는 최면술입니다. (그리고 물론 상대는 아직도 그 남편입니다) 자, 제가 몇 일후 아주 우연인 것처럼 그 친구를 클럽에서 만나게 됩니다!»

(클럽으로 간다. 남편은 앉아서 신문을 보고 있다. 피터가 들어와 신문을 집어들고는 옆에 앉는다. 남편이 먼저 알아본다)

[남편] 여, 피터.. 아니, 자네 왜 그리 우울해뵈나?.. 아, 요전에 공원에서 보고있던 그 여자 때문이로군! (웃는다)

[피터] 내 얼굴에 써있나 보군! 아, 난 절망일쎄 닉키. 지난번 자네랑 부인을 만났던 그 뒤로는 한번도 그녀를 못 봤다네. 잠도 못자고, 밥도 안먹히고... 허리띠를 일인치나 줄였다네. 아, 닉키, 난 왜 평생 내 여자가 될 수 없는 여자를 쫓느라 내 귀중한 젊음을 낭비하는지 모르겠어. 정말이지 자네가 부럽네!

[남편] 내가? 아니, 자네가 날 부러워할께 뭐있나?

[피터] 자네의 멋진 결혼이지. 정말 자네 부인은 아주 매력적이더군 그래. 이건 진심일세!

[남편] 그래? 아니 우리 집사람의 어디가 어떻다구?

[피터] 무슨소리야? 그만큼 우아하고, 은은한 매력에, 모든 걸 다 갖춘 사람이 어디 있나, 특히 자네를 쳐다보는 사랑스런 그 눈길은 정말 감탄이 절로 나드군. 세상에 나를 그런눈으로 봐줄 사람이 있다면야.. 그런 사랑과 정열의 눈으로 나를 봐 준다면 난...그런 눈길을 받을 때는 물론 여자 가슴이 떨리는 거까지 느껴지겠

我之所以如此精心編排演技，其實是因為有過慘痛教訓。二〇〇一年我在舞台劇《卡門》中飾演荷西的角色，荷西因強烈的忌妒心而殺死心愛的卡門。當時的我，天真的以為演戲憑的是「情感投入」，所以我心想，只要能理解荷西的忌妒與憤怒，就能夠精湛演出演技。

排練時，我抱持那股滿腔熱血的情感，展現出令人滿意的演技。但到了公演當天，問題來了，由於現場和平時綵排時的氣氛截然不同，所以我一直無法精確地找到角色情感。雖然一直試圖想要找回排練時的感覺，最終只是徒勞。因為越是用力想要找回，就越使我焦躁不安。最終，那天的演出只能用慘不忍睹來形容，簡直毫無靈魂可言。而且也因為我個人表現不佳，連帶影響到跟我演對手戲的演員，害他們難以投入。

那天我深受打擊，心中產生了難以抹滅的陰影，甚至幾乎罹患了人群恐懼症。在那之前，我對自己的演技總是充滿自信，不論任何角色都有辦法勝任，真是沒想到這樣的我，竟然把一場公演徹底搞砸。其他演員也對我百般責難，說了許多凡是演員聽了都會覺得自尊受損、顏面盡失的批評，我慚愧得無地自容，心情低落到連慶功宴都沒去參加。

那天，我獨自一人躲在布帳馬車[2]裡喝悶酒，一名前輩還特地進來挖苦我，說他對我的演技感到失望透頂，那番話徹底激起我的好勝心，讓我決定要好好重新挑戰演戲。

後來，我參與了一場荒謬劇《等待果陀》的演出。我記取上次《卡門》的慘痛教訓，用徹底精算過的方式投入波佐這個角色。沒想到觀眾的反應非常熱烈，佳評如潮，但我仍不滿意，因為開始有傳聞「金聖勳只適合演喜劇，不適合演一般的舞台劇」，這些話再度激勵我，使我下定決心一定要好好扳回一城。

所以接下來我選了《奧賽羅》這部舞台劇參與演出。當時我已經拍完

2 指路邊攤。

電影《瑪德琳蛋糕》（2003），正在摸索電影明星這樣的人生角色。再加上當時還通過了電影《實尾島風雲》試鏡，有機會在電影裡演一名部隊員。然而，我還是無法放棄《奧賽羅》，既然得到不會演一般舞台劇的評價，就只好用一般舞台劇來證明給大家看。

從排練到正式登台演出，為期七個月，我全心全意投入在《奧賽羅》這部作品。而這也使我得到了很重要的啟發：原來即使當天在台上完全沒感覺，只要事前做好萬全準備，觀眾依舊能被我的演技打動。比起個人的心理狀態，要更重視自己面對觀眾時所呈現出來的狀態才行。通過研究、練習、協調後所展開的一連串精算過的演技，這就是我當時切身體悟出的演技哲學。

「他是一名表演能力傑出的演員。」

雖然這句話我們經常使用，也很常聽別人說這句話，但「表演能力」是我認為滿好笑的單字之一。因為這表示演戲是一門「技術」，但其實演戲並非技術或才華，而是對人生的理解。

演戲的逼真其實取決於演員有多理解劇本情境、角色關係及動作設計。觀眾可以一眼分辨這名演員是發自內心地做這些動作，還是只是照本宣科的表演。那些不至於差勁卻缺乏說服力、無法引發共鳴的演技，正是因為這樣的細節沒有處理得盡善盡美。

想要成為優秀演員，其實就等於想要成為優秀的人。我只想成為對人生有更深刻領悟的演員，比誰都還要誠心實意、思慮深遠的那種人。

當初沒放棄我的鍾彬導演

回首過往，有一個我生命中不可或缺的貴人，他在我人生最困難的時候出現，不僅沒放棄我，還給予我充分信任。於是我們之間有了非常特殊的情誼，那個人便是尹鍾彬導演。

我和鍾彬導演是在大學畢業那年初次相識。其實我的學號是九七年開頭，導演的學號則是九八年開頭，我們都是戲劇電影系，但在校期間並不認識，因為我們主修的領域不同。

那年，我每一場試鏡都榜上無名，每天過著忐忑不安的日子，對未來感到迷茫。還記得之前所屬的經紀公司代表羅丙俊，當時這樣形容我：「長得不俊美，但應該可以成為實力派演員。」想來是我的長相無法走花美男路線，加上嗓音又十分低沉的緣故。他當時就憑這點直接對經紀公司宣布我是有潛力的新人，但畢竟他還只是個組長，所以也不太方便再積極大力地推薦我。

那段期間，羅代表交給我一部劇本，劇名寫著《兄弟以上，斷背未滿》，那是尹鍾彬導演的大學畢製。由於故事背景講述軍中生活，劇本十分流暢，也很容易引人共鳴。我有信心演好我的角色，最重要的是，我希望這部電影最後出來的成品是好的，這樣我才能和經紀公司簽約。

自從決定接演電影的隔天起，我便每天和尹鍾彬導演形影不離。我們一起讀劇本，一起發想台詞，把細節準備得盡善盡美，然後排練了三個月左右才開拍。總共花了快十個月拍攝，而且還必須在寒冬中拍出炎炎夏日的感覺，所以非常辛苦。猶記當時為了防止說話時嘴巴裡冒出白煙，還喝了好多冷水和冰塊。

當然，拍攝期間倒也不是只有苦沒有樂。電影中有一幕是泰正教導傻呼呼的二等兵志勳接電話，那一幕原本不在劇本裡，是當下的即興發揮演出。泰正假借教育下屬的名目欺負學弟，展開了一段令人噴笑的對話——

志勳：「通訊保安二等兵李志勳。長官，請問有什麼需要幫忙的嗎？」

泰正：「你這樣沒辦法幫我啦？像你說話這麼慢是要怎麼幫，你瞭解我意思嗎？要迅速、明確、精準！明白了沒有？」

志勳：「是，明白！」

泰正：「不，我看你應該還是不明白，來，手伸出來，你想要被我打幾下？」

志勳：「一下好了。」

泰正：「這樣夠嗎？你覺得一下就夠了？」

Not Alfredo ｜複合媒材、畫布｜ 90.5×72.5 公分｜ 2010

志勳：「是！（被打手心）哎呀……」
泰正：「（樂在其中）呵呵。」

這段對話充分展現了兩個角色的性格特質，一個是樂在其中的泰正，另一個則是盡心盡力卻仍口拙的志勳。拍這場戲時，飾演泰正的我和飾演志勳的尹鍾彬導演展現了絕佳默契，我們倆演得非常過癮。類似這樣拍攝順利的日子，往往使我喜出望外。

這段時期宛如上了一堂電影課，對我來說是很寶貴的時光。因為當時我演舞台劇已經演得很順手，突然要轉去演電影，便發現自己的演技其實還有待加強的地方。當然，那時候我已經拍過出道作品《瑪德琳蛋糕》，也演過電視劇《武人時代》（2003～2004），拍攝期長達六個月之久，所以嚴格來說，在攝影機面前演戲已經不是頭一次。但隨著我不斷思考電影的拍攝、在攝影機面前長時間演戲後，我才終於比較適應：原來我擅長的是這種演法啊！

有一次，我演了一部電影，拿著尚未剪接完成的版本給樸光村導演看。主要是因為樸光村導演是看了《瑪德琳蛋糕》和《凸槌俏女警》（2005）兩部電影後，把我引介進電影圈的恩人，我一直很想把正在演的電影拿給他看。然而，導演看完那份初剪版後對我說：

「你們就是因為這樣所以不行，電影要有趣才對啊，這到底是在拍什麼？」

當然，兩年後樸光村導演為這句話道了歉。呵，倒是當時的確因為如此嚴苛的評語，才激起了我的鬥志，使我越挫越勇。這部電影從前置作業到殺青，著實花了我們很多心血。

Street｜複合媒材、畫布｜146×112公分｜2009

最終，這部《兄弟以上，斷背未滿》榮獲各界好評，也入選坎城影展「一種注目」單元。當時的我還只是個沒沒無聞的演員，不能像其他電影明星一樣搭商務艙，只能坐經濟艙。然後也沒有服裝師、化妝師，自己帶了一套燕尾服便前往。

而且當時我住在尼斯，得坐五十分鐘的火車才會抵達坎城影展的活動場地。所以前一晚如果有行程，隔天一早我就得自行梳化，換上燕尾服搭火車。要是覺得穿燕尾服搭火車實在太彆扭，我就會把燕尾服先收進皮箱裡，等抵達會場後躲到電影振興委員會攤位後方換上燕尾服。

當時我和尹鍾彬導演以及一同演出的許江元演員，三人投宿於不同地點，距離相差甚遠，所以每次分開前都要先說好下次碰面時間及地點。比方說，幾點在盧米埃廳前見，約定好後再準時集合。通常等三個人一起看完電影、接受完記者訪問後，時間大多早已超過午夜十二點，光是搭計程車回去就要二十萬韓元，所以我們最後索性留在坎城徹夜不眠。那天，我們也是在盧米埃廳前熬著夜、喝著酒，尹鍾彬導演突然大聲喊道：「我要比現在更出名！」

然後又對著我再次大喊：「我是馬丁．史柯西斯，哥！你是勞勃．狄尼洛！」

他的意思是，一九七四年馬丁．史柯西斯和勞勃．狄尼洛也憑著電影《殘酷大街》（*Mean Streets*．1973）入選坎城影展的「導演雙週」單元，而我們也終於來到這座神聖殿堂。《殘酷大街》是史柯西斯和狄尼洛第一次攜手合作的電影，內容主要講述紐約小義大利區裡幾名小混混的生活樣貌。狄尼洛因為飾演浪蕩魯莽的青年強尼小子而獲得矚目，《殘酷大街》在日後也影響了多部電影。後來，這對導演和演員的組合拍了多部膾炙人口的作品，包括《計程車司機》（*Taxi Driver*．1976）、《紐約，紐約》（*New York, New York*．1977）、《蠻牛》（*Raging Bull*．1980）、《四海好傢伙》（*Good Fellas*，1990）等，所以尹鍾彬導演的意思是，希望我們也能成為像這樣的最佳拍檔。

其實尹鍾彬導演喝醉後在大街上嘻笑喧鬧，也是在模仿史柯西斯著名的一某個橋段。比起當時的史柯西斯導演，我想他算鬧得更瘋，畢竟是以大學畢業作品來到坎城，這是多麼令他驕傲又熱血沸騰的事啊！

後來我和尹鍾彬導演又因電影《野獸男孩》（2008）重逢。據說那部片是以他第一次從釜山北上首爾、看見江南區的感受與衝擊做為創作背景。而我飾演的宰賢，是個在青潭洞牛郎店裡，專門負責幫客人牽線的牛郎領班。

然而，因為當時投資方直接放話說要其他演員飾演我的角色，他們才願意投資，我落得被排除在外的困境。雖然這種狀況在電影圈早有耳聞，導致有些導演沒辦法用自己真正喜歡的演員，但真沒想到現實比傳聞還要殘酷。尤其《野獸男孩》裡的宰賢角色，是當初尹鍾彬導演在構思劇本時就已經設定好由我來演。所以雖然我們沒有特別針對此事多談，但有段時間的確很辛苦。

我們拿不到任何資金，拍攝時程不停延後，直到二〇〇七年十二月好不容易得以開拍。因為當時我參與演出的電影《追擊者》爆紅，電視劇《H.I.T》也讓我打開了知名度，所以才開始有金主願意投資《野獸男孩》的拍攝。然而，那些資金並沒有特別多。那個年代一部電影基本上要三十五億韓元左右才有辦法拍攝，但當時，我們只拿到約莫十六億九千萬韓元的資金，等於連一部正常規格的電影資金一半都不到，就開始拍攝。

要是當時沒有指定我演《野獸男孩》，而是直接改用投資方喜歡的演員的話，我想這部電影應該就不會如此命運多舛，老早就拍完。但尹鍾彬導演堅持非我不可，還輾轉換了三家電影公司。最後我們像初次合作《兄弟以上，斷背未滿》時一樣，一起拍了一部又一部的電影作品。我們

I Love Film ｜複合媒材、畫布｜ 91×73公分｜ 2011

已經很瞭解共同完成電影的那份喜悅。

有時候，我會想起坎城的那一晚，每每只要想到我們當時所談的夢想，至今還是會興奮不已。如今，我們是否又距離當時設定的夢更近一步了呢？衷心希望有朝一日我們有機會舊地重遊。

宰賢、秉雲，我的好兄弟！

多年後重看自己演的電影是一件非常特別的事。因為電影剛上映時往往好奇觀眾反應，而難以專心欣賞。雖然我自認每次都全力以赴，應該不會留下任何遺憾吧。但不可否認，我的確很在意票房反應，因為演員是需要被觀眾認可才有辦法存活的職業，就算演技再怎麼精湛、作品再怎麼優秀，只要觀眾不買單就沒有用——我所身處的世界就是這麼殘酷。

然而，等電影上映完一段時間後情況就不同了。我會以觀眾身分面對自己當初在電影裡創造的角色，再加上電影已經下檔，得以用輕鬆的心情觀賞。

看影片時，我尤其留意自己創造的角色的細節。劇本上只有台詞，所以不論是表情還是肢體動作，都需要演員自行揣摩創造。一旦定下角色性格，我就會在那樣的框架下盡可能發想細節，想得越周全，劇本上的人物就會越生動，彷彿真有其人似的。研究那些細節並展現出來，正是磨練演技的一大樂趣。

我演過的電影中，有兩部作品充分展現角色細節，一部是《野獸男孩》，另一部則是《最熟悉的陌生人》（2008）。我在電影中放入許多自己平時使用的口氣和肢體動作，創造出宰賢和秉雲兩個角色。尤其為了維持宰賢的立體感，費了不少苦心。因為他是個粗枝大葉、油條而白目，卻又很難令人討厭的角色。

電影中有一幕是我至今回想起來還是會忍不住想笑的畫面：宰賢在車子裡遇見一名女子，想方設法要從這女的身上騙到錢，但是礙於自己寄宿在女友家裡，無法和女友分手轉換單身的身分，於是只好說了一連串的謊言——

「如果我們要重新來過，哥哥我呢，就要先把工作上的事整理好再說。美善啊，我真心希望我們能在fresh的狀態重新來過，我是說認真的。」

宰賢說著「工作上」這種不合理的用字，中間還夾雜著英文單字，主要就是為了掩飾他的謊言。他是個以騙人為日常的男子，把自己偽裝得在社會上混得不錯。所以我刻意誇張地運用臉部肌肉，也增加了許多肢體動作，因為我認為宰賢應該會用一些比較誇張的手勢來讓自己不露出破綻。這場戲裡，觀眾光憑宰賢的肢體動作便一眼看出他其實在說謊，而且觀眾也因為宰賢像個很容易被人看穿的三腳貓而忍不住會心一笑。

除此之外，電影還有一幕很有趣。宰賢騙取女子錢財之前先準備了一招必殺技——他和朋友們串通好，假裝自己被逼到窮途末路。接著他和女子兩人一起在酒吧裡喝酒，這時那群朋友正好找上他，把他叫到外面演起威脅討債的戲碼。而宰賢的台詞是：

「妳乖乖待在裡面，絕對不要出來！……我的美善，哥我無所謂、沒事的。拜託至少不要動我的美善！」

宰賢一邊假裝被人毆打、在地上打滾哀號，一邊觀察女子是否相信眼前的這齣戲碼。我為了讓卑鄙奸詐的宰賢看起來充滿喜感，花了許多心思構思該怎麼演這齣戲的表情。由於是在假裝被人毆打，並不是真打，所以還要故意用手臂遮擋臉部，偷偷摸摸地觀察女子神情，以免露出破綻被識破。

我在電影《最熟悉的陌生人》中一開始，也想用這種細膩卻容易引人

Smile ｜複合媒材、畫布｜ 73×61 公分｜ 2011

發噱的方式演戲。然而，和女主角度妍姐討論完後，我們都有志一同認為秉雲這角色不能太搞笑，否則整部電影的調性會偏掉，變成一部喜劇電影。不過，我還是認為秉雲的角色需要放入適度的笑點才行，讓一開始感覺像是小混混的秉雲，在電影結束時可以在觀眾心目中留下其實有點可愛、討人喜歡的印象。度妍姐也認同這想法。因此，這部電影裡有許多我刻意呈現、接近我本人的細節處理。

比方說，秉雲的舊情人熙秀突然出現，要他把過去借走的錢全部償還。秉雲為了籌錢，和熙秀四處找人，最後找上表哥家，那天剛好是表嫂的生日。

秉雲結結巴巴地唱著：「祝妳生日快……快樂——」然後四處張望，尋找好玩的東西。熙秀覺得前男友的親戚令她不甚自在，於是兩手插進大衣口袋裡，神情凝重地把視線留在地上。然而白目的秉雲卻渾然不知，自顧自地吃起了花生。

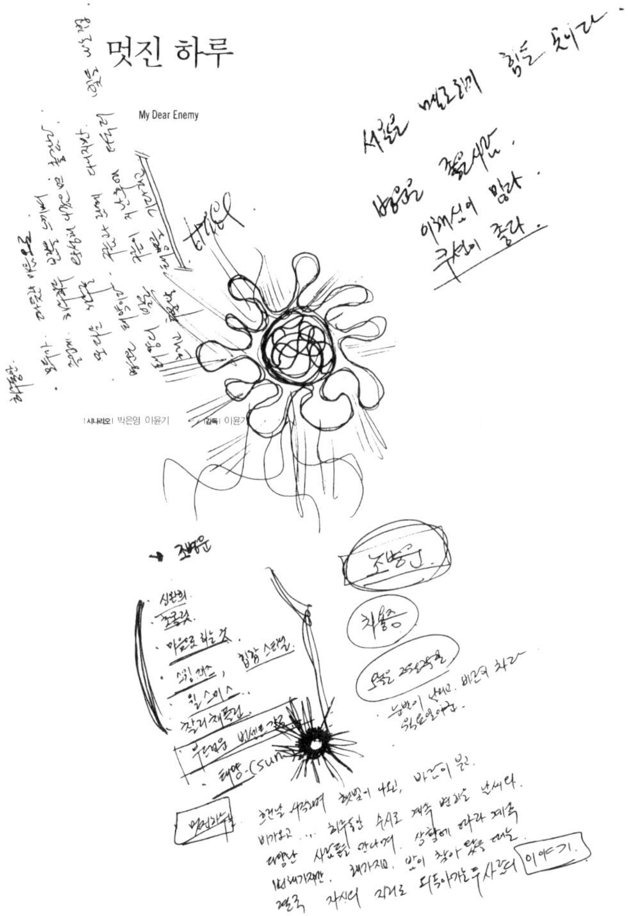

我對電影《最熟悉的陌生人》男主角秉雲的想法與記錄

這時，我即興發揮地把袋子裡的花生遞給度妍姐，她頓時面露「這要幹嘛」的表情，愣了一下。然後撇過頭去，我則不為所動地繼續吃著花生，再遞一些給表嫂，於是表嫂收下了花生。

為了維持住這即興表演的搞笑氣氛，下一幕直接銜接到表哥叫秉雲出去買點肉回來烤的畫面。於是我「喔」了一聲，故意將雙腳併攏然後跳過門檻，營造出誇張的幽默，使觀眾更能看出已經怒火中燒的熙秀與老神在在的秉雲，呈現出截然不同的對立調性。

另外還有這一幕。

秉雲去到一間國中找他的姪女。他找到了原以為失蹤的姪女素妍後，和女友熙秀三人一起離開學校。這時仔細看會發現，秉雲以嘻哈歌手的姿態走路——他站在兩名針鋒相對的女子中間，獨自用動作誇大又搖擺的嘻哈節奏行走。

他模仿著嘻哈黑人歌手由上往下大動作握手的姿勢，向素妍搭話。雖

It Will Stop Soon ｜複合媒材、木板｜
156×45 公分｜ 2010

然鮮少有人注意到我在這場戲裡做出如此奇特的肢體動作，但看到的人都因此開懷大笑。

我的即興搞笑尚未結束。穿過操場走出校園的秉雲與素妍展開了以下這段對話——

「素妍，妳平時都聽什麼歌？」

「就算我回答了，大叔應該也不知道是哪首歌吧？」

「我當～然知道！」

我很喜歡這些角色的細節。拍攝電影《最熟悉的陌生人》時，李潤棋導演也認可我處理的這些細節，演起來非常過癮。

觀眾觀賞我演的電影時，最大的好處是可以把作品看得更深、更廣，就算只有一個畫面，也能一眼看見容易被忽略、沒有注意到的部分，因為那蘊含著我長時間思考而創造出來的細節。雖然這麼說有點害羞，但我真心認為我演的電影都很好看。走在演員這條路上的我，一定會日益精進。

電影Godfather與Love Affair

優質的電影一部部地拍，但很少有讓人想反覆看的電影；那樣的電影就像樂譜上的反覆記號，首次觀賞時就會預感自己一定會再重看一遍。面對這種不論看多少次都無損感動的電影，越看會越有不同滋味，永遠都像第一次觀賞。

如果要選出一部我看過最多次的電影，那絕對非法蘭西斯・柯波拉（Francis Ford Coppola）導演的《教父》（*The Godfather*）莫屬，尤其是《教父I》（1972）裡的教父，也就是馬龍・白蘭度（Marlon Brando）飾演的維托・柯里昂。他是我最欣賞的演員，我很喜歡有他出現的場景，不只感動，還徹底展現了何謂演戲。我就舉其中三場戲為例吧！

Chee Ken ｜複合媒材、畫布｜ 72.5×60.5公分｜ 2010

首先，我最喜歡的是毒梟索拉索向柯里昂家族提議做毒品生意的那場戲。馬龍・白蘭度收放自如的演技展現得淋漓盡致。索拉索表示自己已經和塔塔奇利亞家族談好一起做毒品生意，並拜託教父暗中幫助，塔塔基利亞家族和柯里昂家族的關係並不好。

教父認為毒品生意危險齷齪，所以婉拒索拉索的請託。但索拉索以為教父是擔心自己拿不到約定好的金錢所以拒絕，於是不斷說服教父相信塔塔奇利亞家族。

此時，個性火爆的大兒子桑尼提出質疑，認為怎麼可能相信塔塔奇利亞家族，瞬間，教父眼神肅殺地轉頭看向兒子，簡短的說了一句：「安靜。」並向索拉索致歉，都怪自己沒有把孩子教好。

教父隨即送走了索拉索，並把桑尼叫過來訓斥一頓。

「你到底在幹嘛？千萬別讓人知道你的真實想法！」

這是教父給兒子的人生建言：別讓任何人摸透你的心思。這是他孤身一人逃到美國一手打造威望家族的生存法則，但是有別於冷靜沉著的父親，桑尼是個很容易情緒失控的人，最後也因為這種性格害死了自己。

電影在如此短暫的畫面裡，涵蓋了柯里昂家族的過去與未來，短暫卻寓意深遠，簡單卻強而有力。

再來我也很喜歡律師湯姆告訴教父桑尼已死的那場戲。教父走向夜裡獨自喝著酒的湯姆問道：

「我的夫人在哭泣，究竟發生了什麼事，是不是也應該告訴我？」

湯姆猶豫了一會兒，說出桑尼遭受突襲不幸身亡的消息。對於教父來說，家人極其重要，甚至用「珍貴」兩個字都不足以形容。他隻身一人遠從義大利來到美國生活，除了家人，還能依靠誰、相信誰？如此重要的家人，而且還是自己苦心栽培的長子被槍殺慘死，可見他內心是多麼悲痛欲絕。但是教父不能沉浸在痛失愛子的平凡父親情緒裡，他必須恢復柯里昂家族領導人的角色，努力壓抑喪子之痛，想辦法收拾殘局。

馬龍・白蘭度在這場戲裡展現令人難以忘懷的演技。他強忍失去愛子的悲慟，長嘆了一口氣，然後抬頭仰望，好讓眼眶裡的淚水不要流下。好不容易強忍哀傷的他，用哽咽的嗓音說著自己不想報仇，並下令召集紐約五大黑手黨家族召開會議。

當水燒開時，只要把火轉小就能馬上停止沸騰，但並不會因而馬上冷卻；悲傷的情緒亦是如此，並不會因為嚥下去而消失不見。馬龍・白蘭度

Present ｜複合媒材、畫布｜ 91×73公分｜ 2011

像是在證明過度壓抑的情感如何引來更強烈的悲傷，把這場戲演得無懈可擊。

最後是教父死在番茄園裡的場景令我難忘，一個陽光燦爛的午後，教父和小孫子安東尼一起走到庭院。安東尼是演員艾爾．帕西諾（Al Pacino）所飾演的小兒子麥克的兒子。那場戲裡，教父以極其平凡的爺爺之姿，和孫子倆一同享受著天倫時光，那模樣看上去十分祥和。

他用刀子把硬梆梆的麵包切成小塊放入口中，為了捉弄正在用灑水器四處灑水的孫子，教父躲進番茄園裡準備嚇孫子。結果突然一陣咳嗽，他的腳步變得緩慢，最終倒在番茄園裡身亡。渾然不知情的小孫子朝著躺臥在地的爺爺噴水，這一幕也將教父的死呈現得更加淒美。

我很喜歡最後將教父的死包裝得如此清新脫俗。教父是柯里昂組織的老大，也是家族之長。因此，照理說他的死肯定是大事，也是一場悲劇，然而導演盡可能拿掉了那些沉重感，用淡淡的方式收尾，反而更添感動。

除了電影《教父》外，另外一部我很常看的電影則是《愛你、戀你、想你》（*Love Affair*，1994），有些場面甚至因為太揪心而使我淚流滿面。尤其是電影尾聲邁克在泰瑞的房間裡發現自己的畫作時，徹底說明了愛一個人有時需要的是包容而非解釋。為了理解那場戲為何特別令人動容，我們必須先來聊聊電影劇情。

知名花花公子邁克在飛機上邂逅了美麗的泰瑞，但因為飛機臨時故障，使得兩人必須在島上共度時光。他們倆一起去找邁克的阿姨，她就住在那座島上，三人相談甚歡。邁克和泰瑞也越走越近，對彼此都感受到明顯愛意。

然而，兩人分別都已有論及婚嫁的對象，他們決定先毀棄各自的婚約，並於分開前約定好三個月後在紐約的帝國大廈見面。如果這段感情不是一時衝動而是真愛，他們相信最終兩人會再重逢。

三個月後，泰瑞在前往帝國大廈途中遇到車禍，邁克則已抵達赴約場所等待泰瑞到來。但最終泰瑞沒有出現，於是邁克只好把準備要送給她親手繪製的畫留在飯店裡，交由飯店代為保管，離開了現場。邁克始終忘不了泰瑞，泰瑞因車禍導致雙腿殘廢而不敢聯絡邁克。兩人一直默默思念著彼此。

時間來到聖誕節前夕，害我哭得泣不成聲的那場戲即將展開。邁克準備去找泰瑞，因為阿姨生前交代，要把一件披巾送給泰瑞。多虧阿姨的遺言，邁克才有機會發現他與泰瑞的這段錯過。當他看見當初自己親手繪製的那幅畫就在泰瑞家中時，他才意識到原來女方也依然深愛著他。他看著坐在位子上沒能起身迎接他的泰瑞，才恍然大悟女方其實經歷了一場意外。

Flower 3 ｜複合媒材、畫布｜ 162×130公分｜ 2010

這場戲裡，兩人沒有太多的對話，泰瑞沒有特別說明自己當天為什麼沒赴約，邁克也沒有特別去說自己至今多麼思念女子。但從兩人的互動與眼神交換，可以明顯感受到他們對彼此的愛依舊如初。愛是不需要多作解釋也能夠感受體會的強烈情感，這部電影就是藉由這場戲來傳遞這樣的訊息。

實在很奇怪，在我的認知裡，愛是來自一同參與日常的樸實情感，是對彼此的信賴與默契，但是當我在看這種宛如天注定的愛情故事時，又會不自覺地流下眼淚。難道說，我內心深處其實一直渴望這種宿命般的愛情？這部電影正好觸動了我的這個點，最終使我淚流滿面。

每年只要快到聖誕節前夕，我就會很想重溫這部電影，彷彿從未看過一樣，每次看都還覺得新鮮。

我的李先生

接下來，我要說一段關於野豬的故事，那是我非常珍愛的一頭野豬。

五年前，我遇見了一頭住在深山裡的野豬。牠的眼神善良溫馴，長相標緻，所以我第一眼見到牠，就有一種強烈預感：就是牠了！我一把抓起牠的前腳，將牠帶到人類居住的城市。雖然牠沒有舉一反三的聰明腦袋，卻善良誠實。自從我們能夠溝通交流以後，我便開始稱他為「小野生」。

小野生有個小缺陷，可能是人類居住的世界為牠帶來不少壓力，牠的頭頂毛髮稀疏，所以小野生平時都會戴毛帽，把頭頂遮住。然而，在我看來那頂毛帽實在沉悶。頭毛稀疏又有什麼關係，明明大家都是喜歡牠的開朗活潑和做事俐落，毛帽反而更凸顯了小野生的缺陷。

我想幫小野生解決禿頭的問題，不必再隱藏，勇敢展現！這不正是穿搭的第一步嗎？我開始思考小野生有沒有適合的帥氣髮型，好讓牠徹底擺脫那頂毛帽。說到這裡，幫人想髮型可是我的專長，因為大學時期曾在演員訓練班打工當過講師，當時就很擅長幫別人發掘合適的髮型。

為了將劇本裡的人物展現得更寫實，要先從髮型開始。對我來說，髮型是決定角色形象的關鍵，至今我只要分析角色就一定會先從髮型開始思考。當時我甚至會叫那些被我指導的學生去理髮廳裡燙個頭髮或剪個頭髮，因為先決定好適合自己長相也適合角色形象的髮型之後，其他細節就能順理成章地完成。

我看著小野生的臉，潔淨無瑕的肌膚加上圓圓的臉型，善良文靜的面

Mr. Lee 1 ｜複合媒材、畫布｜ 53×45.5公分｜ 2009

相，小野生簡直就像個模範生。我想要為牠增添一點強烈印象，所以親自帶牠去了一趟理髮廳。和設計師朋友討論一番之後，我暫時離開現場。小野生和我都滿心期待會被設計師改造成什麼模樣。

過不久，小野生摘下毛帽出現在我面前，細小的捲髮像極了彈簧，帥氣十足。小野生一開始顯得很不自在，但是很快就適應了牠的新髮型，甚至驕傲地大方展現。最令人不可思議的是，隨著髮型更換，小野生的性格也變得更加開朗明亮。某天，小野生向我表達感謝，並與我分享了牠的故事。

我本來在高中時跳過舞，別看我現在這個樣子，當時體重從沒超過六十公斤，加上身高有一百七十三公分，簡直健步如飛、靈活輕巧。我一直很想成為舞者，但因為練舞過度，導致腰部受傷，不得不放棄舞者的夢想。但我依舊想從事電視媒體相關工作，所以大學上了新聞傳播系。就在我剛上大學不久，家裡經濟狀況出現問題，使我不得不出來打工賺錢。有機會的話，我當時非常想當藝人的經紀人，因為這也屬於媒體傳播業。雖然我因腰傷當不成舞者，但至少當個貼身經紀人還能跟這個圈子沾上邊。

然而，在我的家鄉光州擔任經紀人著實不易。當時演員林玄植老師剛好是我爸的朋友，所以向他致電請教了如何當經紀人的事。沒想到老師竟然說他剛好缺經紀人，問我要不要直接先去當他的經紀人。印象中當時是二〇〇三年冬天，老師正在演《大長今》。當天通完電話之後，我便直接北上首爾，成了林玄植老師的經紀人。

不過由於林玄植老師已經是資深藝人，所以每一位工作人員其實都待他很好。確認檔期也只要老師親自知會一聲就能解決，所以我在現場幾乎沒什麼事需要處理，頂多只有開車接送老師。我一直以為當經紀人就是如此簡單的事。

某天在拍攝《大長今》，趁著短暫休息空檔，老師問大家，在場所有經紀人當中誰最有能力，結果所有人都一致認為是現在的羅丙俊代表。當時羅丙俊代表擔任演員池珍熙的現場經紀人，他對我說，等做完林玄植老師的經紀人工作以後，不妨來Sidus HQ經紀公司上班。所以我後來離開了林玄植老師，轉任演員金聖洙的經紀人。直到那時我才切身體會到，原來確認檔期是多麼辛苦困難的一件事，我還要負責收集聖洙哥參與演出的電視劇和電影劇本，也要和他一同前往拍攝現場，然後就讓我遇見了現在的正宇哥。

這是小野生，我的經紀人——尚勳（音譯）的故事。我都會開玩笑稱他小野生，但他真的是一位非常開朗又善良的人，和他在一起會明顯感受到原來人也會散發出一股迷人的香氣，這也是藉由他讓我體驗到的事實。總是思慮深遠、相處起來令人舒服自在的尚勳，對我來說是無比珍貴的朋友。

Mr. Lee 2 | 複合媒材、畫布 | 91×72.7公分 | 2009

我在參與電視劇《布拉格戀人》（2005）演出時，第一次遇見尚勳。最神奇的是，自從遇見他之後，工作就開始變得一帆風順，不僅知名度大增，還接演到多部優質的電影作品。也因為如此，我的畫作通常鮮少有特定的模特兒，唯獨尚勳被我畫過三次。

首先，兩幅同樣名為〈Mr. Lee〉的畫作正是以尚勳為模特兒所畫的作品。〈Mr. Lee〉除了是指尚勳以外，還帶有「mystery」的諧音，指神奇地為我帶來許多好運之意。

當然，這兩幅畫都不是用寫實手法描繪尚勳，也不一定要把畫裡的人視為尚勳。說得更精準一些，我畫的是尚勳帶給我的某種感覺，雖然他的髮型是如實呈現，但畫中的男子只是個神奇人物，並非真實的尚勳。

在名為〈Mr. Lee 1〉（p.153）的這幅畫中，我畫的是頭上頂著諸多水果涉水而來的男子。這可能意味著尚勳為我帶來了如豐富水果般的幸運，也可能依照每一位觀賞者的角度而有不同領會，但唯一確定的是，畫裡的尚勳髮型絕對符合他本人。〈Mr. Lee 2〉（p.157）或許才能夠稱得上是真正帶有神奇感的作品，因為紅色左手和白色右手，以及彷彿從天而降的人物姿勢，讓這幅畫更添某種奇特感。難道這是在畫原本夢想成為舞者的尚勳？坦白講我也不是很清楚。以經紀人尚勳為模特兒所畫的第三幅作品則是最近畫的一系列小丑畫當中的〈I Don't Know Who I Am〉（p.65）這幅畫，該怎麼說呢，算是運用到了尚勳的「神奇感」十分鐘左右吧。

算一算，認識尚勳也已經快六年了。在他當初放棄成為舞者夢想的那天，究竟有著什麼樣的想法？這位比誰都還要認真工作、見面就會使人心情愉悅的經紀人，最近他又在作別的夢了。雖然他總是對我保持神秘，不願透露自己的夢想，但是我有預感將來哪天他一定會實現那份夢想。神奇的小野生，很感謝你來到我身邊，我們要一起更歡樂地工作哦！

河正宇心愛的藝術家：尚・杜布菲

尚・杜布菲的畫帶有一種親切感，我認為和我本人很像。因為從他的畫作中可以感受到運筆的流暢自由與幽默詼諧，再加上他也幾乎沒有受過正規的美術訓練，不惑之年才踏上藝術家之路，這幾點都為我增添不少信心。

初次看這幅畫時，最吸引我的是自由呈現的構圖，甚至可以感覺到宛如音樂節奏般的律動。光是用黑、白、紅、藍四種顏色，就能創造出如此華麗的印象，實在令我歎為觀止。我先被這幅畫的構圖機配色感動，接下來又發現了一些近似於人臉的形象。這些人臉又像拼圖，和周遭背景融為一體，不容易區分開來。張嘴的那些人臉看上去也有點像在吶喊，也許

Site à l'oiseau ｜合成樹脂、畫布｜ 195×130公分｜ 1974

正在喊著：「烏爾盧普（Hourloupe）。」也不一定。

系列作品標題「烏爾盧普」一詞據說由杜布菲創造。雖然不具任何意義，但是人們覺得這個字的發音宛如狼群哭聲，所以解讀成是野性的象徵，也或許是因為這系列畫作展現出自由奔放的野性所致。我很想要效仿杜布菲的態度——不要畫地自限，將充滿個人特色的作品推向全世界。

• 尚．杜布菲（Jean Dubuffet，1901~1985）

法國畫家，出生在富裕的葡萄酒商之家。進入美術學校六個月後便休學在家自學。二十一歲退伍後，他認為藝術其實無所不在，結果去做業務員。二十九歲那年，他下定決心重操舊業，提筆作畫，於是和太太離婚，但最終又再度放棄畫畫。最後是在四十歲那年賣掉父親交棒給他的事業之後，才正式投入藝術創作活動。他抗拒傳統、學院藝術，開展極具個人特色的畫風世界。

河正宇心愛的藝術家：達文西

我一直無法理解為什麼有人說蒙娜麗莎是絕世美人，因為不論我左看右看都沒任何感覺，她就只是畫裡的一名女子，不醜也不美的平凡女子。

某天，我在巴斯奇亞的畫冊裡看到了一幅畫，他將達文西的〈蒙娜麗莎〉改以自己的風格重新描繪，背景充斥著巴斯奇亞特有的畫風——塗鴉。然後蒙娜麗莎的臉則像滿臉猙獰的男子，殘破不堪。當下我就對這幅畫產生濃厚的興趣，於是馬上拿出練習本，開始按照達文西的〈蒙娜麗莎〉作畫（P.166）。

說也奇怪，當我看著蒙娜麗莎的眼神許久過後，竟然感受到一種微妙情感，她就像個栩栩如生的活人，眼神變幻莫測，極為生動，甚至像在

Mona Lisa ｜油彩、木板｜ 77×53 公分｜ 1503 ～ 1506

誘惑我、對我拋媚眼的感覺。當下我立刻暫停作畫，凝視她的臉龐好長一段時間。直到那時我才深刻體會，原來蒙娜麗莎真的是一名很「性感」的女子。

蒙娜麗莎深邃的眼窩產生的陰影十分迷人，眼角呈現的弧度也很惹人愛，淺褐色瞳孔看上去就像我自己的瞳孔一樣充滿神秘……不對，這些理由聽起來都太像在解釋，其實只要一句話就足矣——「蒙娜麗莎真的很性感！」

・李奧納多・達文西（Leonardo da Vinci，1452~1519）

文藝復興時期的義大利畫家，從建築、土木、雕刻到數學、科學、音樂，樣樣精通。他綜合了文藝復興時期畫家的表現手法，透過明暗構圖成功展現立體感與空間感。晚年留下的人體解剖素描對醫學發展有很大貢獻。代表作有〈最後的晚餐〉、〈蒙娜麗莎〉、〈岩間聖母〉等。

河正宇心愛的藝術家：布菲

布菲的小丑作品數量和畢卡索、喬治・魯奧（Georges Rouault）旗鼓相當。看著他所描繪的小丑。不論是和小丑成群結伴在舞台上演戲，還是走在鋼索上表演雜技。會明顯感受到在其他畫家的作品中很難找到的怪異感與殘酷感。我想也許是因為從他筆下誕生的小丑都是用粗曠線條繪製而成的緣故，顯得畫風特殊。

然而，真正吸引我的小丑畫是他用另一種畫風描繪而成的。當我第一次看到這幅畫時，腦海裡馬上浮現小勞勃・道尼飾演的卓別林。因為畫裡的小丑臉上只剩下眉毛和鼻樑處的妝容，這讓我再次想起卓別林臉上那份哀戚與惆悵。小丑的素顏彷彿展現著一種命運不可逆的悲傷。

據說布菲因為大量創作而遭部分評論家批評，他們認為布菲的作品太商業化，宛如工廠量產的商品。但我確信他一定是個認真又熱情的畫家，因為那麼多幅作品竟能如出一轍地帶給觀賞者椎心刺骨的痛苦與悲傷。

晚年的他罹患帕金森氏症，所以無法再繼續進行創作。他就像個卸完全臉妝容的小丑，一定寂寞萬分。雖然舞法完全明白他最終為何選擇走上自殺這條路，但是多少也能猜得到他當時的心境。

• 貝爾納・布菲（Bernard Buffet，1928~1999）

法國畫家，一九四四年進入巴黎國立藝術學院學習繪畫，並於一九四六年出道成為畫家。他那獨特的寫實畫風引人矚目，二十歲那年（一九四八年）便獲得法國最著名的「藝評獎」，一舉成名。他對抗現代繪畫的主流——抽象主義，為具象畫注入新活水。於一九九二年法國美術雜誌《Beaux-arts》一百號紀念特刊裡的民意調查中被選為超越安迪・沃荷的偉大畫家，才華受認可。一九九九年自殺結束生命。

Tête de Clown｜油彩、畫布｜73×60公分｜1955

Part.3

男人

A Man

某個完美的一天

沒有排定任何行程的日子，儘管一整天空蕩蕩的，我還是會忙個不停。其實我一直很想嘗試用長鏡頭（long take）錄下這樣的一天。我稱它「完美的一天」，然後不搭配任何背景音樂，直接用現場環境音呈現出非常自然的感覺。

這樣的日子裡，早上醒來我會先喝三杯白開水，因為我聽說早上喝水對身體好。其實我喝水時還睡眼惺忪，腦中根本沒有任何想法。喝完水後，腸子開始活躍運作，我就會去廁所將體內清空。可惜很難將這部分呈現給觀眾，所以畫面應該只會停留在廁所門口好長一段時間。

上完廁所後通常身體會找回一些活力，但這樣還不夠，為了趕走最後殘留的一絲睡意，我會抽一根菸。當然，抽菸對身體有害，這點無庸置疑，所以我會更認真做健康管理。每天早上一定喝三杯水，一天也會運動三次以上。換言之，該怎麼說呢，有點像是為了抽菸而認真維持身體健康的感覺？

既然都喝完水、去完廁所、抽完菸了，是時候該進入正式活動了。最近我正在玩「職業棒球聯盟」的遊戲，這是一款培養選手、經營球團的遊戲，很適合我這種喜歡把所有人聚集在一起，並且隨時確認團體氛圍的性格。所以我的白天就會在觀察選手們身體狀況，以及確認球團整體狀況中度過。

接著我會上跑步機，開始跑之前當然要先做好萬全準備！先選定今天跑步要看什麼節目，如果要從有線電視台裡選一個有趣的節目，看那個節目就對了！但有時候我也會下載五十多分鐘的紀錄片來看，通常是MBC、KBS、SBS電視台的特輯系列。一天運動三次，每次看一集，其實看得很快，馬上就沒有節目可看，這時我會選擇《時事雜誌2580》或《不滿zero》。

這些片長剛好都是五十分鐘，節目播完，跑步機也剛好停止。在跑步機上邊跑邊看的紀錄片，對我拍電影有很大的幫助。尤其是《人間劇場》這種紀錄片節目，各種令人難以想像的驚人故事都會對理解劇本裡的角色人物和處境很有幫助。我邊跑邊看著電視裡那些真人真事、表情、說話方式，會有一種彷彿身體和精神都有被重新鍛鍊過的感覺，非常滿足。

對了，我會視當天身體狀況調整慢跑的速度，畢竟有時候不是會出現運動強度過強導致猝死的新聞嗎？太逞強可能會讓自己陷於危險當中，所以我都會先從慢走開始暖身。而且自從看過《SBS Special》節目提及赤腳走路對身體有益之後，我便不再穿運動鞋跑步，直接光腳踩上跑步機。當

Exercise ｜複合媒材、畫布｜ 117×91公分｜ 2011

然，事前一定要先仔細確認好自己的雙腳狀態才行，要是有點腫脹或者有起水泡，就一定會穿運動鞋跑步。

好吧，運動也搞定了，接下來是時候該吃點東西了。各位可能很難相信，其實我會親自熬湯。韓式料理的核心就是「高湯」，我對熬煮高湯非常有自信——我可是會煮飯的。當然，有時候負責幫忙打理家務的阿姨會幫忙煮飯。她是哈爾濱人，一週大約會來兩次，拿手菜是中式炒蛋或燉馬鈴薯，都很好吃。每當我想要吃一些比較油膩的料理時，都會拜託阿姨幫我做「哈爾濱炒飯」，不過其他時間大部分是我自己下廚。

吃飽後我只想坐著休息不動，但是並非放空，我很討厭沒事做的空白時間，甚至接近強迫症的程度。我連看電視都不會乖乖坐在沙發上觀賞，還得搭配其他事情一起進行，只因為我無法忍受時間平白無故地浪費掉，在吃完早飯進入第二次運動前，也就是現在，我會畫畫。

錄到這裡是否該換一卷新錄影帶了呢？明明是沒有行程的一天，我卻一直馬不停蹄地做事。

畫畫時我喜歡將好幾張畫布立起來同時作畫。因為一旦用壓克力水彩上色了，直到風乾為止什麼事情都做不了，在那裡乾等也不是辦法，所以我都會趁等待時間移至另一張畫布上繼續創作。就這樣一邊等待第一幅畫乾的同時創作第二幅畫，等待第二幅畫乾的同時再創作第三幅畫……當然，有時候我也會用一般的筆描繪，但用這種方式就必須緊靠畫布才有辦法畫得精準，所以就算只畫了一小部分，頸部還是會非常痠痛。

像這樣畫著畫著，有時會覺得「嗯，今天手感不錯」，然後就不再做其他事情，打鐵趁熱一路畫到深夜。但是如果覺得當天手感不佳，心想「今天就到此為止吧」的話，就會站回跑步機跑步。

Production 2 | 複合媒材、畫布 | 90.5×72.5公分 | 2010

King | 壓克力、畫布 | 72.5×60.5公分 | 2010

儘管已經是一天當中的第二次慢跑，開始前自然還是要先確認雙腳狀態。畢竟早上已經赤腳跑過一輪，也許會不堪負荷。要是狀態不錯，我就會再打赤腳跑一回，並且邊跑邊講電話，可能是談電影或工作上的事情，也可能是和銀行進行洽談。

像這樣又跑完一輪之後，我會再回到剛才畫到一半的作品前，繼續作畫。也會泡一杯咖啡、切一些蘋果來吃。最後要是覺得需要再做一次運動，就會穿上運動鞋重新站上跑步機。

我這「完美的一天」，就是用運動、畫畫、運動、畫畫、運動填滿的。沒有任何工作行程的日子，我閒不下來，動個不停。

有時要是晚上有聚餐，我就會再多運動一次。沒有工作的時候一定是一天運動個三、四次，因為必須經過這樣的鍛鍊，才有體力禁得住連日熬夜拍攝的辛苦，在未來作息不規律的工作行程中維持良好的體力。

我們通常會在朋友開的酒吧（新沙洞五八八番地）聚餐。這間酒吧裡掛著許多肖像照和畫作，都是我親自拍攝、描繪的。而且總是播放著我喜歡的音樂，那些都是朋友們剛開這間酒吧時我親自幫他們挑的歌單。

通常只要有兩場以上的聚會邀約，我就會選在這間酒吧裡會合，這樣就能一次同時完成兩場約。在這桌和這些朋友聊天，再到另外一桌和其他朋友聊天，就這樣來來回回和平常不太能碰面的朋友聚會。而且原本彼此不認識的兩群朋友，也會因為我而漸漸熟識對方，最後甚至全員一起去續第二攤。

不過這並不表示我會一路喝酒到天明。我通常會盡量把聚餐時間控制在三小時以內，因為必須在凌晨十二點至一點之間抵達家裡。朋友們往往拿這件事調侃，嘲笑我是灰姑娘，但我不在意。我一定要在那個時間點回到家上床就寢，我的一天才會好好落幕。

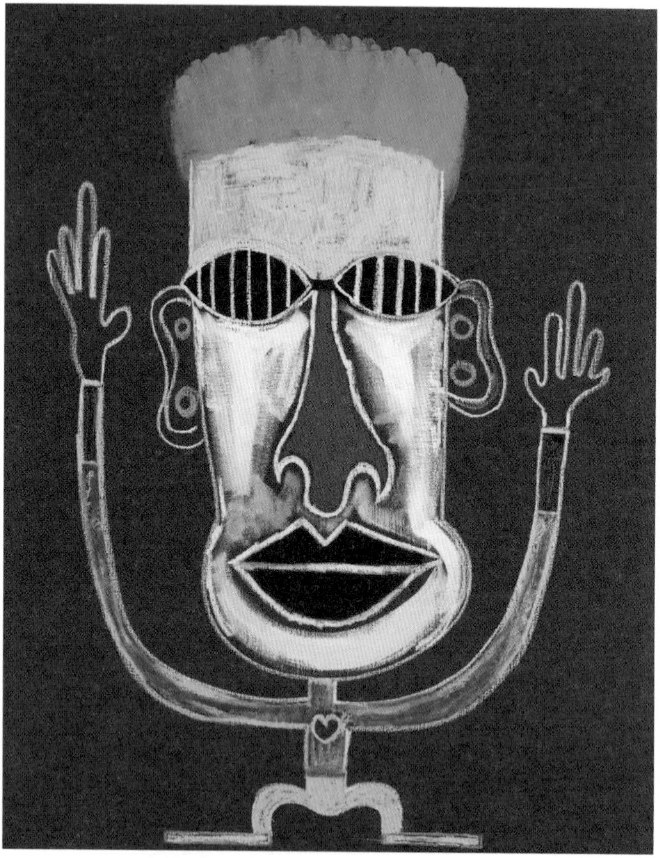

Ray Charles ｜複合媒材、畫布｜ 91×72.5 公分｜ 2011

這是我沒有工作時的一天，雖然沒有排行程，卻非常充實，片刻不得閒，在這「完美的一天」，我不是演員河正宇，而是會畫畫、運動、和朋友聚會的金聖勳。多虧如此漫長的一天，我才能維持身分上的平衡。以上是「金聖勳的一天」。

紐約，紐約！

聽說畢卡索有段「藍色時期」，那是他藝術生涯第一段時期，因為經常使用靛藍色而被如此命名。從〈燙衣服的女人〉、〈盲人的一餐〉、〈喝苦艾酒的人〉等畫作中，可以看見貧困孤立的巴黎人被刻畫得陰鬱低沉。據說這些畫作也正好反映了當時畢卡索的憂鬱心理。

然而，像畢卡索這種在藝術活動上很健康的人，好像並沒有讓自己一直停在低迷的狀態。後來畢卡索成功克服了這段時期，轉而邁入使用橙色和粉色調的「玫瑰時期」。在這段時期的創作中，他開始改用暖色調表現馬戲團表演者和小丑等角色，徹底跳脫以往描繪貧苦人家的悲慘。我們從〈小丑〉、〈雜耍之家〉等作品中不難看見貧窮裡蘊藏著美好。也許畢卡索走過那段憂鬱期後變得更加成熟。

其實我也曾有過像畢卡索這樣由藍色轉為玫瑰色的兩階段時期，只是順序正好顛倒：我是先從美好的玫瑰時期轉入藍色的抑鬱時期。從小時候到大學一年級夏天以前，我的美術作品一直都屬於玫瑰時期。與其說這時期的畫作都使用像玫瑰一樣溫柔婉約的顏色，不如說更接近藍色，只是這個藍是像夏天晴空萬里無雲的那種天藍色，而非畢卡索所使用的陰鬱藍。我想將我這段時期稱為和畢卡索截然不同的「藍色時期」。

二十歲那年夏天，我這段藍色時期正式畫下了句點。它並不是循序漸進式地改變，而是像圖表上的曲線圖突然急轉直下那樣瞬間面臨極其痛苦的時期。從二十歲至二十七歲，那是我逝去的七年歲月。我想要稱此為「灰色時期」，就如同藍色的天空突然風雲變色，由藍轉灰、烏雲密布的那種感覺。

I Was Born in 1978 | 複合媒材、
木板 | 110×41公分 | 2011

藉由這機會，我們不妨來聊聊我的「藍色時期」和「灰色時期」。首先，就先來說藍色時期好了。

小時候的我非常內向，在學校都不敢上台報告，很容易害羞，但是又極度討厭無聊的學校生活，所以我都會坐在教室最後一排與同學嬉鬧玩耍。加上我又是一個不愛睡覺的人，經常和家人一起看電視到三更半夜。由於我父母不是屬於會催孩子去念書或者硬要送補習班的家長，我反而有一個相對自由的童年。不過有趣的是，好勝心強的我，終究還是會自發性地認真讀書，只不過每次考試都答錯一半以上、成績不堪入目。

每逢學校寒暑假，我都會回母親的老家東草市過農村生活。大人們回憶童年一定都少不了「結伴盜食」的故事，而我的童年就正好是這樣度過。和朋友們一起偷採香瓜、西瓜、玉米，然後為了不被大人發現倉皇逃竄，活脫脫是個鄉下孩子。在都市裡長大的小孩很少會長頭蝨，我卻經常因為頭蝨而必須用扁梳將蟲卵梳掉。我頭上的那些蝨子是被農村裡的一名哥哥傳染的，至今我還清楚記得他的名字叫洪日琪（音譯）。

老在外面不分晝夜地奔跑玩耍，學校成績自然不可能好。我一直到升上國二才開始咬牙苦讀，當時有一名老師對我說：「既然你的父親是知名演員，那你更應該要好好讀書不是嗎？」這句話成了我奮發向上的契機。學生時期不是都用成績評斷一切嗎？成績不好的我自然也失去了自由。我因為難以承受這樣的苦悶埋首苦讀，最後成功把三十名的成績拉升到第五名。噢，千萬別誤會，這只是班上排名，不是全校排名。

上高中以後，我的成績再度一落千丈。數學成了我最大的罩門。不論多麼努力都難以理解，彷彿腦袋裡的某顆螺絲鬆掉一樣；不管我多麼認真解題，還是難以理解背後的邏輯。但我很積極參與學校活動，比方說，擔任班上的風紀股長及校刊總編。雖然不曉得現在的學校情況如何，但在當時那個年代，風紀股長或校刊社都是屬於模範生的範疇，只不過最後我還是因為沉迷籃球而離開了校刊社……記得高二那年，當時的我正擔任校刊總編一職，但心思其實早已不在那裡，因為一心只想參加開特力（Gatorade）街頭籃球比賽。校刊社裡一名高三學長死都不肯讓我去參賽，甚至對我撂下狠話，要是參加籃球比賽，就得先退出校刊社，於是我就真的退出了。由此可見，我是那種只要有想做的事就會執意去做的人。

整天沉迷籃球的我，聯考當然不可能考好。雖然考前也認真去了預測考題神準的補習班補習，甚至每一項科目都補，但最後考試成績出爐還是慘不忍睹。我當時羞愧不已，明明心懷演員夢想，卻因為搞砸聯考而不敢向父母提起，因為我討厭被人認為演員都是那種不愛讀書、只愛耍寶的人才從事的行業。於是我原本計畫考上一般大學後，再去參加藝人甄試。不過礙於聯考沒考好，也變得無法理直氣壯地告訴父母我想要進戲劇電影系。我當時整整三天沒回家。

母親倒也沒打電話找我。一直到離家第三天晚上，我怕她擔心我的安

Untitled｜壓克力、畫布｜53×45.5公分｜2008

危，基於歉疚打了一通電話給她報平安。結果母親對我說：「我知道你的意思了，別再徬徨，快回家吧。」我母親不像其他同學的母親那樣過度操心自己的小孩。回家後的隔天，母親便帶我去一間由娛樂公司經營的演藝補習班，她沒有把我送去專門準備演戲考試的補習班，而是直接帶我去一般演員練習演技的地方。

這地方一開始都沒教演戲，只有叫我練習發聲、走位。然後就出了一道情境題給我，要我飾演一位不能自主運用身體的腦性麻痺患者，在睡夢中夢見自己變回正常人而開心不已的情境。如今回想起來，當時演得好像滿做作的，但在那個當下大家都對我的演技感到驚艷，讚譽有加。也許真正令他們感到驚艷的是我的瞬間專注力，而非表演能力也不一定。

於是在一九九七年，我順利上了中央大學戲劇電影系，我滿心期待，想像著系上聚集著俊男美女。然而，就在入學前參加迎新活動和學生會學長姐們相見歡時，我發現系上不只男生、就連女生都看起來非常彪悍，害我一度心想自己是否跑錯場。不過，那天是大家第一次碰面，所以氣氛還算不錯。學長姐也表示我們這個科系才是真正有傳統和歷史的科系，希望往後的日子大家相處融洽。

然而，後來發現學長姐們說的其實都只是場面話，還記得當時有個兩天一夜的活動要去見學長姐，他們在安城市排戲——現在回想還是心有餘悸，因為一到現場就明顯感受到排練的氣氛十分凝重，和我想像中充滿自由、歡樂的氣氛截然不同。練習室裡根本沒空坐下來好好休息，一到現場就直接進行將近兩小時的訓練。從那時起，打從一入學便的春季戲劇節就成了人人都必須參與的活動，要是有人落跑，就會受到嚴懲，只要有人無故缺席，其他同學就會連帶遭殃。因此，同學之間就會開始監視彼此，「你在哪裡？」也自然成了我們講電話的開頭問候語。

真不懂當時怎麼會有那麼多的戲劇演出和活動需要舉辦，我們根本躲不掉。大一新生甚至還不能申請休學，能夠順利脫困的唯一方法是申請退學。而且大一新生還要輪流幫忙清掃練習室和後台梳妝室，趁早上七點半第一堂課開始前打掃完畢。蹺課是絕對不允許的，這並不是因為教授很嚴格，而是學生會本身就不允許同學蹺課，為什麼呢？因為要學習，每天上完課後都一定要到練習室報到，幫學長姐的忙。

某天，崔治林（音譯）教授找我，當時是順利從可怕的第一學期解脫、正準備要放暑假[3]。當我見到教授時，發現不只我一人，還有三名同學也在那裡。教授對我們說，他在排一項專案計畫，要我們趁暑假去紐約參加研習課程，白天主要在語言學校進修英文，下午則是在紐約電影學院參與工作坊。說到這裡，各位請不要誤會，費用我們各自負擔。當下我

3 韓國學校是每年春天開始新的一學年。

有一種前途無限光明的感覺。那是我人生第一次去美國，再加上還能從這深不見底、宛如黑洞般的苦日子裡順理成章逃脫！天啊，我要盡情享受這得來不易的自由！

我在前往美國的飛機上難掩雀躍之情，母親還因為兒子被系教授選中送去美國學習，塞了滿滿的生活費和幾張信用卡給我。對於一名年僅二十歲的年輕人來說，還有什麼事比這還要幸福呢？抵達美國後只剩下認真學習，沒別的了。黃金光芒的紐約！在飛機上的那段時間和抵達紐約後即將展開的新人生，對我來說的確猶如黃金光芒。

直到我接到一通從韓國打來的電話……

Window ｜壓克力、畫布｜ 146×112公分｜ 2009

灰色時代

每件事都有徵兆，不過那次遭遇並沒有任何徵兆。不，也許是二十歲的我還涉世未深，所以看不見任何黑暗的跡象，在接到那通電話以前，我完全沒察覺到有任何異狀。

在往紐約的飛機上俯瞰曼哈頓，我暗自在心中設定了一個遠大的夢想——期許自己成為一名不凡的演員重返韓國。我抵達紐約後，生活充滿著浪漫甜蜜的氣息，那樣的氛圍美妙到甚至會讓一個年僅二十歲的青年不禁懷疑「難道這就是所謂的幸福？」我沉浸在那樣的都市氛圍裡，刻意用步行取代搭乘地鐵，我想要吸收那裡的氣息，不想錯過任何一處景色。

後來，我在宿舍接到弟弟打來的電話：「哥，你快回來韓國，媽失蹤了。」我猜應該是母親經營的事業遇上資金困難，只是她從來沒對我們說而已。她只留下車子和房子，過去那些豐裕富饒的生活一夕之間全數蒸發。我不敢相信這樣的事實，只能先收拾行李趕緊回國。

不曉得各位是否體驗過這種瞬間墜入萬丈深淵的感覺？當時的我就是如此，從懷抱著無限夢想、身處在幸福絕頂的環境，突然墜落谷底。我在飛回韓國的飛機上，滿心擔憂、挫折無助，但另一方面也因而徹底激發出我內心深處的好勝心。

「我一定會重新振作，重返美國。我要回去演一部電影。」

我的藍色時代就此落幕，換灰色時代正式來臨，自一九九七年起至二〇〇四年止，我在演藝補習班擔任講師，賺了點錢，還服完兵役、大學畢業……內心從來沒感受過一絲寬裕，就這樣度過了一大半的二十世代。

我父親為了找個房子安頓我們，甚至同時軋四、五部戲，非常拚命。雖然他從來都不喊苦，如今回想起來，他當時的心情一定更加複雜。畢竟他是演員，所以不可能說出去以免節外生枝，再加上又是一家之主，自然不可能在我們面前示弱。每當我想起父親在那段時間多麼辛苦、孤單時，不免還是會感到有些揪心。

接下來七年間，我們每天都過著像在打仗，為了生活努力打拚。不過我也不曉得當時哪來的自信，總覺得這些苦難最終都會成為使我成長茁壯的基礎。我從不懷疑自己，深信自己一定能成為演技精湛的演員，所以才有辦法熬過那段艱苦歲月。

當我們從豪宅搬到較小的房子時，我甚至沒有自己的房間。而且家裡衣服堆積如山，因為父親的服裝飾品太多，幾乎整個家都是他的更衣間，就連陽台也都堆滿他的衣服。有一次實在想吃牛肉，但最後還是沒說出口。儘管生活如此拮据，父親每次只要一領到片酬，就會帶我們去買衣

Time Out ｜壓克力、畫布｜ 22×33.3公分｜ 2007

服，並對我們耳提面命：「你們是演員，演員就算吃得不好，也得要穿著體面。」他就是如此堅定、貫徹執行的一個人。

因為沒錢，所以也無處可去。我總是待在學校的練習室裡，唯有演戲才能夠緩解這種難受又複雜的心情。而我也只能從觀眾給予的認可獲得某種程度上的慰藉。然而，我的內心從沒動搖過，尤其是當我心理層面不再有餘裕時，想要成為一名演員的意志就更加堅定。也許這也是好勝心作祟吧。我告訴自己，這些經歷都是為了讓我成為優秀的演員，現在的我正走在通往演員的路上。

當然，如果說那段期間都沒有感受過任何挫折與痛苦是騙人的。但不論再苦，只要看著父親那麼拚命，我就會重新打起精神。他才是真正了不起的人，對外藏得非常好，卻獨自咬牙撐過了那段低潮。每當我一想到這樣的父親，就會肅然起敬。有時我在客廳看電視看到一半，眼睛會突然望向父親的臥房。儘管房門緊閉，我也依舊感受到一頭猛獸在裡面呼嚕作響，彷彿老虎等猛獸在做最後垂死掙扎，不論如何都想要活下來的那種感覺……

後來我們終於把這間小宅賣掉，搬進一間位於一山區相對來說坪數較大一點的房子。父親當時對我們說想要徹底離開蠶院洞，我們去住郊區，但住大一點的房子。於是，我們一家人就在一山區重起爐灶。我記得很清楚，當時是二〇〇三年七月。離開了猶如故鄉般的蠶院洞以後，我始終覺得內心沉悶，簡直快要瘋掉。畢竟那是我從三歲起住的地方，朋友也都在那裡，經常去消費的超商和修鞋店也都在那一區。

最終，我就像個上班族一樣，每天早上出門上班，到了深夜才下班回家，來回通勤各一小時。當時我還會在通勤路上邊聽音樂邊禱告。這樣的日子整整過了三年。直到現在我才終於明白，當時收聽的音樂、暗自下定的決心，以及虔誠的禱告為我帶來了多大力量。我每天都過著不停準備的人生，早上出門運動、練鋼琴、尋找有無試鏡機會。我還會在車上看書，也和朋友相約見面聊天，用這些方式不斷地適應社會。

二〇〇五年我接演了一齣電視劇——《布拉格戀人》，當時的我正逐漸脫離灰色時期。由於拍攝地點位於首爾，所以我離開了一山區的家，改成寄宿在首爾的表姊家裡。我和姪子們共用一間房。每次拍完戲收工回家，都會獨自沉浸在豐沛的情感裡，頭戴耳機彈奏一首《月光奏鳴曲》。

我接連演了電視劇《布拉格戀人》、電影《兄弟以上，斷背未滿》以及電影《時間》後，逐漸打響了知名度。隨著時光流逝，某天我突然閃過了一個念頭：該去一趟美國了。我想要把這趟美國行當成是送給自己的禮物，獎勵我終於熬過了過去那段辛苦歲月。只是沒想到如此意義非凡的美國行，竟遭遇了前面所提到的那段充滿屈辱的入境審查經驗（〈扮演畫家〉，p.8）。結束了這場驚魂記後，我獨自一人像個在地人一樣走訪亞特

Bull ｜壓克力、畫布｜ 91×72.7 公分｜ 2009

蘭大、紐約、費城、坦帕灣等地。後來在回韓國的飛機上，我再次對自己說：「二十世代，辛苦了，接下來才是真正的開始。」

我從不相信命運的安排，但我相信只要認真逐夢，總有一天那個夢想一定會實現。但如果把自己抽離出來觀看人生，就會發現人生中的每個階段其實都像考驗，有時也像老天賜予你的恩寵。當初接到弟弟的那通緊急電話以後，在返回韓國的飛機上，我只有暗自下定決心有朝一日一定要重返紐約演電影，卻完全沒想到自己竟然真的會有這麼一天——二〇〇六年接演《第二次愛情》，這部片帶我重返紐約。正因為我認真逐夢，所以夢想才會悄然而至。

我後來在紐約見到了一九九七年把我送去美國紐約進修的崔治林教授。他在紐約有房子，當時正好是韓國學校放假期間，所以他才會暫居紐約。我們相約紐約的某間星巴克見面，那是我畢業離校後兩年才再次見到教授，他當時對我說：

「我一直都相信你一定能成為好演員，從未有過一絲懷疑。況且我們之後何時還能再見呢？沒時間了，至少趁我在紐約這段期間，我為你授課吧。」

於是教授就像在韓國時一樣，在紐約為我親自授課。他當時提到的兩個重點，我至今銘記在心。第一點是「溝通」，他希望我不要忘記與人溝通交流的重要性。免得自視甚高。透過不斷的對話，才能從中學習，使自己不斷進步成長。另一點則是「面無表情的力量」。對於演員來說，最強而有力的表情並非展現憤怒或絕望，而是面無表情，他叫我勿忘面無表情的力量。

我的藍色時期和灰色時期就此宣告落幕。如今的我，究竟又活在什麼樣的時期裡呢？會不會處於像畢卡索那樣的玫瑰時期？亦即，戰勝了試煉與憂鬱，發現了自己的成熟與美麗。回顧過往那兩段時期，我發現其實身邊一直有很多人相信我。最重要的是我父親，他用他的人生告訴我絕對不要輕言放棄。還有崔治林老師，以及為了使我不放棄夢想而給過我勇氣與信心的所有人，都讓這喜歡惡作劇的少年幸運地成為沒有放棄夢想的大人。我期許從今以後，自己也能成為別人人生中的這種貴人。與此同時，我也想要對過去的自己說聲辛苦了，能夠走到今天真的很不容易。

辛苦了，接下來又會是一段全新的開始。

Production 3 ｜複合媒材、畫布｜ 130×161.5公分｜ 2010

不想獨自一人

我正在聽席琳·狄翁（Celine Dion）的〈獨自一人〉（All By Myself），這首歌的開頭以低語呢喃的方式呈現，隨著音樂進入副歌，情緒變得高漲，彷彿在對人吶喊。有時我們會不經意地突然想起某首歌的旋律，然後會去找那首歌無限輪播、反覆收聽、看看歌詞、細細咀嚼歌詞內容，還會想想自己為何會突然想起這首歌——就如同現在的我一樣。

拍攝電影《黃海追緝》時，我一直在聽《教父》的電影原聲帶，導致那些音樂旋律一直盤據在我腦海裡，揮之不去。今天則是突然想起〈獨自一人〉這首歌，就如同突然想起前一晚的夢境一樣，在腦海裡一閃而過。明明心愛的人就在身邊，重情重義的朋友也多不勝數，卻放聲大喊著「我不想獨自一人」……

All by myself don’t wanna be
（我不想獨自一人）
All by myself anymore
（我再也不想要獨自一人）

Hard to be sure
（我難以確信）
Sometimes I feel so insecure
（有時還會感到十分焦慮）
And love so distant and obscure

（唯有遙遠虛幻的愛）
Remains the cure
（才能夠治療我）

這首歌講述年輕時不需要任何人在身邊，談戀愛也只是一時的歡娛，然而那樣的日子已經一去不復返的故事。她試圖打電話給朋友，但沒有一個朋友接起電話，最後發現自己原來獨自一人。歌詞內容其實很淡然，只是席琳．狄翁帶著豐沛的情感唱出了切實深刻的感覺，再加上她那特有的鼻音唱腔，使整首歌聽起來格外悲切，彷彿是剛大哭一場，還有點鼻塞的狀態下唱的。靜靜聽著她這樣的唱腔，會使我產生突然被人獨自留下的感覺，我不想獨自一人，我再也不想要獨自一人……

還記得二十三歲那年，我很認真練唱這首歌，因為它的歌詞意境符合我當時的心情。那時候我在練兵場上不停奔跑，這首歌也無限輪播，我

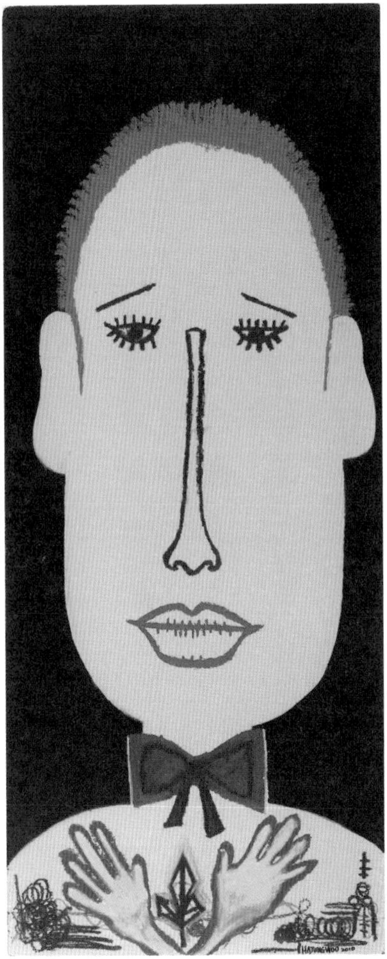

Lonely Night ｜

複合媒材、合板 |

121.5×50公分｜ 2010

跑到上氣不接下氣，好在當時有這首歌陪伴我。我不想獨自一人，我再也不想要獨自一人……由於當時我是徹底被甩的情況，所以內心非常渴望趕快進入下一段戀情。當我們自己覺得很孤單、難以忍受那份龐大的寂寞時，不是都會迫切地尋找愛情嗎？我在那個時期就是如此。

我是國軍宣傳團出身，曾和海軍宣傳團一起搭船前往東帝汶，航程來回各十七天，等於將近一個月的時間必須在船上度過。入伍前我有個交往的女朋友，光想到要和她分開那麼久還不能通電話，內心就十分焦慮。而且在我入伍那天，她也沒有展現出像其他人那樣傷心流淚或依依不捨的神情，更令我心神不寧。甚至害怕這段期間會因為無法聯絡而漸行漸遠，擔心得徹夜難眠。

其實如今回想起來，她的心早已離我遠去，就算天天連絡，也無法挽回早已離開我的那顆心。當時我也隱約感受到她心思已經不在，只是我一直不願承認這樣的事實，除非她親口向我提分手。

在孤立無援、殘酷無情的軍營裡，為了讓自己撐下去，必須幻想外面有人在等我平安歸來。最重要的是二十三歲的我愛她愛得很深，雖然早已等同於獨自一人，但只要沒有人無情地告訴我：「你身邊沒有任何人，你已經是一個人。」我就會選擇逃避面對這樣的事實。

我被關在航向東帝汶的船艦裡，忐忑不安地度過了那段時期。你一定難以想像當時的我多痛苦，根本無計可施，唯一能做的事情就只有聽音樂。海軍宣傳團裡很多人入伍前從事歌唱或演奏活動，他們的包包裡都裝著滿滿的CD，約莫裝滿五、六個包包之多。所以我每天聽的音樂都是跟他們借來的。

這十八位海軍宣傳團，每個人偏好的音樂類型都不盡相同，因此，我得以天天聽到不同風格的音樂。有時會為了忍受暈船造成的身體不適而聽上一整天的音樂，同時也可以多少淡忘掉與女友之間的關係不穩定所造成的惴惴不安。隨著我逐漸投入聽音樂這件事，也使我得以整理出各種類型的音樂。

每天下午兩點至五點，是唯一可以去甲板透透氣的時間，每到這段放風時間，我就會把自己選好的CD帶到甲板區聽。一邊吹著冰冷的海風，一邊聽著撫慰心靈的音樂，唯有那段時間讓我逃離折磨人的處境，純粹享受獨處，彷彿回到真正的自己。一個月這樣過去了，我過了一段只有音樂相伴的日子，好不容易安撫了惶惶不安的心，這都要多虧音樂的陪伴。

後來我剛好休假，好不容易見到了朝思暮想的女友，但果然不出我所料，女友早已對我沒了感情。我其實也做好分手的心理準備，只是不斷在「不會吧，應該不會和我分手」和「最終還是被我預料到了」之間拉扯。然而，當我真正被女友提分手時，腦中頓時一片空白，那次簡直是令人憂鬱又孤單的休假。

Whiskey ｜壓克力、畫布｜ 146×112公分｜ 2009

在我重返軍營後，沒有任何事可以讓我轉移注意力。要是在軍營外被甩，還可以藉由認識新對象、專注做其他事來忘卻失戀帶來的傷痛，但是在軍營裡，這些事都不可能存在。最終，我只能戴上耳機，在練兵場上不停奔跑。唯有音樂和慢跑是我最要好的朋友。

當時陪伴我跑步的歌當中，正好就有這首席琳．狄翁的〈獨自一人〉，多虧有她的引吭高歌，我內心的傷痛才得以逐漸癒合。我聽著這首歌，跑得氣喘如牛，心中還暗自唱和，藉此療癒不少因為失去所愛而難掩的悲傷。

今天我重聽這首歌，想起二十三歲不停奔跑的自己。雖然已經事隔十年，但因為這首歌依舊如初，所以使我回想起那段記憶。可見音樂的力量多麼偉大，竟然因為短短五分鐘的歌而想起十年前的事，讓當時的想法和情感可以像電影一樣一幕幕在腦海中閃過。除此之外，副歌部分又像極了某種咒語，不僅撫慰了內心看似難以消失的傷痛，還讓我撐過那段焦慮不安的時光。

甚至更進一步地，是音樂讓我領悟到自己當時過著什麼樣的日子、怎麼熬過來的，以及如何走到今天。美麗、炙熱又濃烈的音樂，在這些樂音裡，蘊涵著許多難以言喻的情緒。

為您開一首音樂處方箋

頭痛時用頭痛藥，症狀就會馬上緩解。同樣的道理，音樂其實也是一種治療心靈的藥物，只要聽音樂，心情就很容易有所轉變。不論是墜入愛河、失戀分手，還是輾轉難眠、想要從睡夢中甦醒，或者想要讓自己開心一點、想要沉浸在感性的氛圍裡……我們都會想聽音樂，就如同身體需要吃藥一樣，心理也需要音樂處方。

音樂的組成要素主要有速度、節奏和旋律；隨著音樂速度的快慢，我們的換氣也會跟著變急促或緩慢，音樂裡的節奏則會使我們不自覺地用腳打拍子、扭動身體，而音樂旋律會誘使我們不斷哼唱那首曲子。各位不妨想一首喜歡的歌，是不是會不自覺地哼唱、打拍子、換氣呢？然後心情也會瞬間轉變。

這就是我所謂的「音樂處方箋」，把音樂當成藥服用。

【第一帖處方箋】

「夜深了，我卻遲遲無法入眠。」

艾拉・費茲潔拉（Ella Fitzgerald）的〈Misty〉

我在往返東帝汶的船上聽了約莫一千張CD，要是有音樂鑑賞證照，我應該可以輕鬆考取。〈Misty〉是一首非常溫暖的歌，它擁抱了當時孤獨不安的我。這首歌最早由爵士鋼琴家艾羅・嘉納（Erroll Garner）於一九五五年發表，曲調十分優美，也被許多人翻唱過。尤其在克林・伊斯威特（Clinton Eastwood）主演的電影《迷霧追魂》（*Play Misty for Me*・

1971）中，被歌手莎拉・沃恩（Sarah Vaughan）翻唱而爆紅。

我尤其喜歡艾拉・費茲潔拉翻唱的版本。每次只要聽著她的歌聲，就會不自覺闔上眼睛，彷彿有人在為我蓋上輕柔毛毯般溫柔。各位不妨也試試看將自己完全沉浸在她的歌聲裡——那個宛如在你耳邊私語，告訴你沒關係、睡一覺醒來就沒事了的歌聲。我相信你現在承受的焦慮與孤獨，很快就會因這首歌而找回安定。

【第二帖處方箋】

「每天早上醒來都會很憂鬱。」

山形瑞秋（Rachael Yamagata）的〈I Wish You Love〉

我想這應該是任何人都聽過的一首耳熟能詳的爵士歌曲。雖然被小野麗莎（Lisa Ono）、羅拉・費琪（Laura Fygi）、娜塔莉・科爾（Natalie

Cole）等知名爵士歌手翻唱過，但我最想推薦的是山形瑞秋的版本，也就是在鄔瑪・舒曼（Uma Thurman）和梅莉・史翠普（Meryl Streep）主演的電影《春心蕩漾》（*Prime*・2005）中的那個版本。

由於她翻唱的版本比原唱輕快一些，也帶有一點巴薩諾瓦的樂風，所以聽她唱這首歌時，肩膀會不自覺跟著抖動，腳也會自動打拍子。山形瑞秋有著輕微的菸嗓，所以不像其他歌手讓我有被溫柔包覆的感覺。她那簡潔新穎的嗓音，一定能使睡眼惺忪的你瞬間醒來。就如同心儀的對象在早晨為你拉開窗簾叫醒你一樣，輕快的音樂會將你徹底從被窩裡拉出來。

【第三帖處方箋】

「今天特別想沉浸在過去的回憶裡。」

史坦蓋茲（Stan Getz）的〈Autumn Leaves〉

Trust Me ！ I am a Doctor ｜複合媒材、畫布｜ 90.5×116.5公分｜ 2010

這首歌同樣帶有東帝汶的回憶。沒辦法，因為我所知道的歌單大部分都是在那時期聽到的。這首歌是一名原本在當爵士歌手的朋友——李必勝在船艙內親自唱給我聽的，所以印象特別深刻。這首歌瀰漫著悲傷抑鬱的氛圍，害得我們當時每個人都淚眼婆娑。至少在那當下，我們都不再是船艦裡的軍人，大家都沉溺在各自的回憶裡，重新經歷過去那一瞬間。

這次我想推薦各位的是史坦蓋茲演奏的薩克斯風版本。不論下雨還是回憶起某人的臉龐，抑或是突然沒來由地想要回顧過往記憶時，不妨聽聽這首歌。也許你會感受到現實逐漸變得模糊不清，隨即展開一趟回憶之旅。

【第四帖處方箋】

「我開著車正子在和她約會，但是一路上都在塞車。」

史提夫．汪達（Stevie Wonder）的〈Isn't She Lovely〉

這是我經常在車裡播放的一首歌，史提夫・汪達的嗓音非常「有感覺」，他那獨特的嗓音大幅提升了歌詞中對女子的愛意，尤其是被大塞車搞得心煩氣躁時，我一定會播這首歌來聽，因為我們很容易忘記，其實光是兩個人共處就已經很幸福。

像這種時候只要一起聽這首歌，心情就會被輕快的節奏影響，煩躁和沉悶也會一掃而空，使兩人自然地跟著哼唱，專注在彼此身上。

建議和心愛的人開車或者坐車約會時，一定要準備這首歌。不只是塞車時可以播放，小倆口因為小事而爭吵不休時，一起聽聽這首歌也會有所幫助。

【第五帖處方箋】

「我想要向她傳遞我的真心。」

理查・山德森（Richard Sanderson）的〈Reality〉

這首歌是出現在蘇菲・瑪索（Sophie Marceau）主演的電影《第一次接觸》（*La Boum*・1980）裡。趁著大人外出不在家，孩子們辦了一場派對，蘇菲・瑪索正在喝水消暑，一名男孩悄悄走到了她身後，默默為她戴上耳機。當時耳機裡傳出的音樂正是這首〈Reality〉。現場所有孩子們都隨著輕快的音樂搖晃身體，唯獨這兩個孩子沉浸在溫柔浪漫的曲調裡相擁共舞。

其他人都聽不到、只有兩人能聽到的這首歌；多虧這首歌，才得以創造出兩人的專屬世界。當你想要對某人表白，或者想要真心誠意向對方道歉時，不妨利用這首歌傳遞你的真心，相信對方一定感受得到。

以上是我開給各位的五帖音樂處方箋。

音樂是一種藥物，但是音樂和藥物的差別在於，就算服用再多也不會產生抗藥性，反而比較像毒品，聽過一次還會想要再聽第二次、第三次……帶有容易成癮的性質。除此之外，音樂是可以自行開處方箋的藥物，當我們身體疼痛時必須看醫生或讓藥師配藥，但是當內心感到不適時，只要自行診斷並且挑選自己想聽的歌曲來聽即可。在那當下最想要聽到的歌曲，便會是最適合你的心靈良藥。

今天我要聽著〈Autumn Leaves〉這首歌，搭乘時光機回到過去，展開一趟回憶之旅。重新傾聽必勝當時為我們哼唱的這首曲子，並回想當年航行在汪洋大海上獨自一人戴著耳機聽的那首〈Misty〉。結束這場回憶之旅後，我要再來聽〈Reality〉，然後把音量調高，打電話給親愛的她，好讓她也能和我一起分享這首歌。

killing me softly
I wish you love
Misty blue
L.O.V.E
Sky high
Autumn
Lately
leaves
La Vie En Rose
Fly me to the moo
Fame
side A
I am in the house
Isn't she lovely
Geek in the pink
Reality
For once in my life
Last christmas
Can't take my eyes off you
Hit the Road Jack
Over the rainbow
side B

No.18 | 複合媒材、畫布 | 130×116公分 | 2011

話說回來，三十世代的男人嘛……

警察盤問一名男子是否在賣女子，他悠悠地笑著回答：「沒賣掉，我直接殺了她。」甚至還若無其事用手指數著自己總共殺了多少人。他殺人的目的純粹是為了尋開心，也就是單純喜歡殺人的快感，沒任何理由。當他渾身濺滿鮮血，用槌子朝女生奮力擊下時，他就像個孩子般純真。

前面這段敘述在講電影《追擊者》池英民的故事。身為一名演員，為了讓演出效果逼真，我一直試圖想理解池英民的心理。但不可否認的是，他的確是一個可怕的人物。所以即便有點被連累，我也能理解大眾對於飾演池英民的我所投射的異樣眼光。再加上我一直都接演一些不太一般的角色，像是：卑賤的牛郎領班、為了殺人而去首爾的朝鮮族等。又不像其他人一樣經常上綜藝節目露臉，所以觀眾會把我視為電影裡的角色，也不是什麼奇怪的事。

但是身為三十多歲的男人，我也有自己的日常生活。就像這年紀的普通人一樣，和從小一起長大的朋友喝酒聊天是最令我開心的事，還有和交往已久的女友約會也使我找回心情上的平靜。

當然，演員這份職業相較於其他工作較特殊，但在演員這個身分背後，我也只是個普通人而已，不是嗎？所以我想要說說自己最真實的日常生活。

我有一群朋友從幼稚園就認識，至今還保持聯絡。我們都有著A型人的特質，比較溫和、內向。我們懂得察言觀色、謹言慎行，並且體恤他人的感受，深怕要是說了某些話傷到對方就不好了。不過也多虧這樣的性格，我們幾個人的友誼才有辦法長存至今。

和朋友相聚在一起時，只有金聖勳，沒有演員河正宇；那些朋友也都只是金聖勳的朋友。最近一名朋友告訴我，他在公司裡對其他人說河正宇是他從小就認識、很要好的朋友時，同事們都大吃一驚，紛紛表示：「那麼有名的演員竟然是你朋友？」他還打趣地調侃我說：「你真的有那麼紅嗎？」當下所有朋友都笑了出來。不過，正因為這群朋友依舊把我當成金聖勳看待，我才能全然忘記自己的演員身分，做回原本的金聖勳；也幸虧他們一如既往地對待我，才得以讓這份友誼延續至今。

當然，有時候不免還是會出現因為是演員而小有尷尬的時刻，像是朋友們大部分是上班族，多少會出現一些影響力或財力上的落差。

舉例來說，其實我完全能獨自結清二十萬韓元的酒錢，也很樂意買單請朋友喝酒。但他們都會堅持十個人每人一定都要拿出兩萬韓元結帳，這是當初他們的提議與約定，每次也都會確實落實。像這種事我都打從心底感謝他們。因為有這群朋友，我的人生才有辦法在演員河正宇和普通人金

Memory of Friday Night ｜複合媒材、畫布｜ 130×116公分｜ 2011

聖勳之間維持平衡。

除此之外，「FC[4]河正宇」也是維持日常生活的重要身分之一。FC河正宇主要是和私底下的幾名朋友，以及參與過電影《B咖大翻身》的演員金知碩、金東旭、崔在煥等，共三十人左右組成的足球隊，每週三會分三組進行聯盟賽，一決勝負。拿到冠軍的球隊可以領到獎金二十萬韓元。這筆錢由三十名隊友每人提交五萬韓元會費組成，然後比賽完大夥兒就會一同去餐廳聚餐。

踢球比賽有趣，我們全是因為非常喜歡、也很享受這個聚會而到場參與。對於婚後只剩下工作和家庭的大部分上班族朋友來說，FC河正宇的足球聚會徹底扮演了擺脫沉悶生活的出口角色。而我也是透過和這些朋友的聚會，才切身體悟到原來每個人都需要可以宣洩的地方。

前陣子在釜山拍攝電影《黃海追緝》時，甚至還一度衝去釜山火車站，打算趕回首爾，心心念念著想和朋友一起踢足球。但是到了火車站後，我左思右想，覺得似乎不能這麼衝動，於是又折返釜山的宿舍。因為從釜山搭下午五點的火車於晚上九點抵達首爾，踢完球隔天早上還要在十點前抵達釜山怎麼想好像都太倉促。不過我想要藉此表達的是，我有多麼重視ＦＣ河正宇這個身分。

當然，如此平凡的日常有時也會因為一些微不足道的小事而被輕易瓦解。雖然我是以金聖勳的身分過著日常，但是在外面遇見的人都還是把我視為電影明星河正宇。所以每次只要一走進餐廳用餐，就會明顯感受到顧客的側目，使我不自在。每十次可能有三次讓我不悅，但都還算可以忍耐的範圍。然而，要是有人拿出手機偷拍我的話，就會徹底把我惹毛，因

4　ＦＣ指Football Club（足球俱樂部）的縮寫。

為這樣的舉動很沒禮貌，雖然一肚子火，但還是不得不勉強自己嚥下這口氣。如今我已經很習慣這種情形，通常都會告訴自己：「要是忍得下這種事，以後就沒什麼事好值得生氣了。」只是往往知易行難。

我其實並不會為了這種事而感到畏縮，或者需要躲躲藏藏，我依舊表現得很自然。談戀愛也是，我們會像一般情侶一樣手牽手漫步在街上，一起去逛超市、買菜，推著賣場推車在試吃區徘徊，挑選水果也很自在。我們會盡情享受日常生活帶來的溫暖與舒適。

有時在其他城市拍戲時，假如臨時有事需要回首爾一趟的話，我就會選擇自行搭火車前往。很多人因此感到驚訝，問我為什麼獨自一人，但其實我至今仍無法理解，為什麼一定要有人幫我開車、陪我一起行動，這樣反而才奇怪，不是嗎？我又不是孩子，都老大不小了。

朋友、足球、女友，這些都是構成我日常生活的元素，大眾會透過電影認識一名演員、甚至想要進一步瞭解這演員，但其實仔細想會發

Me ｜複合媒材、畫布｜ 72.5×61公分｜ 2010

現，這樣的方式有點奇怪，畢竟電影屬於導演的創作產物，演員只是其中負責演戲的人，怎麼可能藉此瞭解這個「人」本身呢？因此，我希望大家只看那個人在日常生活裡的樣子，而不是去相信電影創造出來的形象及台詞。

我曾經和一名電影雜誌記者進行過兩天一夜的訪談，當時安排我們早上碰面，訪問完幾道題目以後，晚上再一起小酌閒聊，然後隔天再到片場會合。那場兩天一夜的訪談目的在於，藉由長時間近距離相處帶出最真實坦率的對話，結果當時喝完酒後準備散會時，那名記者對我說了一句話：

「正宇先生，讓我看你的真面目吧，你到底是一位什麼樣的人？」

他一臉納悶，我同樣也悶到不知該說什麼才好——都已經和我這麼長時間共處了，卻還要我展現真面目。我心想：難道是我們聊得不夠多？還是要聊點別的話題？然而，在我走回家的路上重新思考了一遍，發現這種情況可能也是演員難以避免的，所以不免有些感傷。

再加上我有個同樣是演員的父親，所以大家一定是想聽到宛如電影情節般的戲劇化故事。但我實在不清楚，自己究竟是否有那樣精采絕倫的故事。我的人生可能很特別，也可能根本沒什麼特別之處。就如同我們近距離洞察人生會看見無窮無盡的獨特性，但是遠觀又看似人人都差不多。

某次，我和金允錫前輩一起搭乘韓國高鐵前往首爾。當時可能前輩已經很累了，他搭上車後沒多久便進入夢鄉。我看著熟睡的前輩好一陣子，暗自心想這位從來不公開私生活的實力派演員，大家可能會很好奇金允錫到底是個什麼樣的人，甚至認為他很特別。然而，我所知道的他其實比任何人都還平凡無奇。沒有拍戲時會和家人一起旅遊，疲累時也會張嘴呼呼大睡，就是如此生活化的一位大叔。當我想到這裡時，內心其實多少也有些釋懷，每個人只是戴著不同眼鏡看待我們罷了。放眼周遭，隨處可見的三十世代男子，那就是我。只要我自己知道事實是如此就已足夠。

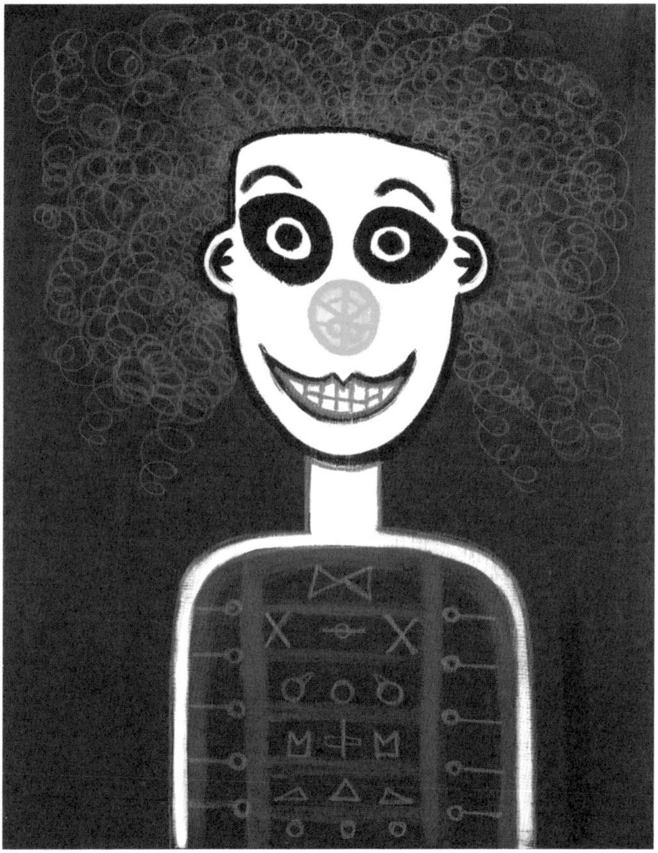

Nothing to Smile About ｜複合媒材、畫布｜ 100×80公分｜ 2011

致我的髮型師泰石

泰石啊，我是聖勳，最近因為口蹄疫鬧得沸沸揚揚，你還好嗎？我看我們已經有很長一段時間沒聯絡了，所以特地寫封信給你。應該和你喝杯酒敘敘舊的，可惜因為我剛接演了一部新電影，最近比較忙。而且我還要籌備一場預計春天展出的畫展。另外，我還寫書，得把稿子交給出版社，簡直忙得不可開交。

所以我難得提筆寫這封信給你，千萬別感動到哭出來喔！我應該會寫一些難以當面對你說的肉麻話，記得先準備好衛生紙嘿！

你還記得我們第一次相遇嗎？那是國一的時候，你應該記得吧？怎麼能忘記呢？你從那時候就已經是個渾身散發著大叔氣味的奇特傢伙了，身高也早在當時長完，所以和現在沒兩樣。

等等，在回憶當年的過程中，我有一句話要先說：臭小子，你別再謊稱自己有一百七十公分了，好嗎？憑良心講，你的身高明明介於一百六十八到一百七十之間，幹嘛一直狡辯。在我看來，你要是脫掉皮鞋再脫掉襪子，應該剛好一百六十七公分才對。

好了，讓我們再重回過去吧。總之，當時你還是個小屁孩，身上毛都長齊了，還散發著一股濃濃的男人味，真的是把我給嚇一跳。加上你又是一個非常加極度固執的人。高一那年吧，我們每一年不是都相約三五好友一起去滑雪嗎？那年冬天我們也依慣例去滑雪，就在那天，也就是你從金泰石變成「牛泰石」那天。

我們坐在滑雪場的吊椅上，正準備經過龍平滑雪場的高階滑雪道，你還記得那陡峭險峻的高階滑雪道嗎？幾乎翻越了兩座山。我和你不是並肩坐在吊椅上輕鬆地往上升嗎？結果就在那瞬間，你一隻手套掉了下去。我當時真沒想到你會犯這種蠢事。

後來你就直接沿著那條路一路往下滑，尋找你遺失的那隻手套，真是可怕的傢伙。要是一般人一定想說算了，更何況那又不是多麼昂貴的皮手套，只是一般的毛手套而已，你還真的去滑那條高階滑雪道。

然後就在三小時後，當我們正在喝著燙口的魚板湯，為我們男人之間的友誼許下承諾時，你分秒不差地出現在我們面前，一副若無其事的樣子，我們其實有打賭，賭你能否找回那隻手套。

結果沒想到你還真的拿著那隻手套出現在我們而前。瞬間，你簡直像極了一頭默默犁田、認真工作的牛。從那時起，你就成了我們的牛。泰石啊，我是真的基於擔心所以提醒你，拜託一定要當心口蹄疫啊！絕對要離畜舍遠一點，別靠近那裡，很容易被傳染！明白嗎？

總之，我們繼續憶當年吧。你在高三那年加入了職業班，開始學美髮技術，當時的你依舊像一頭牛一樣認真，最近應該也是吧？你每次和我們喝酒喝到淩晨五點，還是會在早上七點起床去上班，不是嗎？明明只要在早上十點半前打卡上班就可以的，真不曉得你為何非得要那麼早出門。後來我才知道，原來你都是為了特地去盆唐區接你的母親，帶她到你們家經營的餐廳。真的很了不起，不愧是我的好哥們！

還記得你剛開始在理髮廳工作時，我們這幾個好朋友都有去你店裡捧場。雖然那時候你還只是一名洗頭小弟，但我們都很替你感到開心，終於找到了一份穩定的工作。

當時我的頭髮已固定給別人負責，所以我只能站在一旁觀看。結果朋友們紛紛嘲弄說是不是因為不相信你，所以不敢給你剪頭髮。我當下心頭一驚，怎麼內心真實想法被看穿了！哈哈哈，沒有啦，你應該也知道我在開玩笑吧？我們每次見面不是都會開這種玩笑嘛。

我還記得你曾經對我說：「等我真的有了實力、出人頭地後，我想要把你當成我的主要客戶。」於是我跟你說：「我也是假如真的在演藝圈闖出名堂，站到了能夠助你一臂之力的位子，那麼我一定會去找你。」然後我們許下了承諾，希望有朝一日，等我們都成為對彼此更有幫助的身分時，再重新合體。

當時其他朋友都一直開玩笑唱衰我們，但我們依舊憑藉著堅韌的義氣守護著我們的兄弟情誼。這都要多虧我們許下的這份承諾。一九九八年拍攝三一冰淇淋廣告時，我連個經紀人都沒有，所以只能獨自一人前往拍攝現場，害我覺得很尷尬。但是當天你假裝是我的經紀人，陪我一同去現場進行廣告拍攝。坦白說那天我很感謝你，雖然我在廣告中只是飾演一個不起眼的小配角，但是只要一想到有你在現場陪我，我就能放心地演戲。

接下來，好好聊聊關於我們的友情承諾吧。我們在片場整整熬兩天兩夜，然後搭著別人的順風車離開片場，來到永東大橋。我們在永東大橋南端換搭一輛計程車，再前往新沙洞，最後我們抵達位於新沙洞的一間餐廳，餐廳名稱叫什麼？

答對了！就是「東方不敗」豬肋排烤肉店。我們那天啃豬肋排啃到忘我，還一直說有朝一日各自一定會成為知名髮型師、知名演員，並在廣告拍攝現場擔任男主角。好，問題來了，那我們是在多少年後再度前往新沙洞敘舊的呢？我要來算時間囉！一秒、二秒、三秒……

答案是二〇〇七年，所以是九年後啊！你到底有沒有認真算啊？當時是我們拍完百歲酒廣告的時候。那支廣告是要呈現和一群好友們一起喝酒的歡樂畫面，所以我當時就推薦你來湊一咖，結果你那尷尬無比的演技，我到現在記憶猶新。總之，九年前在廣告片場的我們，都還只是一名沒沒無聞的演員和一頭偽裝成經紀人的牛，但九年後的那天，我終於能以演員身分抬頭挺胸地走進廣告攝影棚內。

那天的廣告拍完後，我們又和九年前一樣去了新沙洞，但是「東方不敗」早已關門大吉，不見蹤影。想想也是，都已經過了將近十年歲月，十年都能一改江山了，更何況是一間餐廳，好在我們的友情仍然健在。

你猜後來我們去了哪裡？去了一間鮪魚刺身店不是嗎，就在隔壁。那天我很幸福，儘管與你九年沒見，卻還能與你把酒言歡，這是多麼值得感激的事情啊！

我相信你應該和我一樣有相同感受。我好喜歡和你吃飯喝酒的時間，可以讓我們的關係更加緊密，雖然會覺得有些肉麻，但彼此說說自己的心底話、細數往事點滴，都是令人開心的事。我很喜歡這樣的友情，包括現在也是。

所以我說泰石啊，我為了紀念我們的兄弟情誼，我特別畫了一幅畫，你看到了嗎？那是一幅名叫〈Bull〉（p.201）的畫作，在我人生第一場個

Spider Man ｜複合媒材、畫布｜ 116.7×91 公分｜ 2010

人畫展上有展出；最近還有在合板上畫一幅畫，我把攝影棚場景布置用的背板拿來作畫，標題叫做〈My Hair Designer〉，我以你為模特兒畫的。

你應該也知道吧？我畫畫時通常不會特別把誰當作模特兒，目前為止也只有畫過兩個模特兒。一個是你曾經幫他弄過頭髮的小野生——尚勳，另一個就是你——金泰石。尚勳的頭髮也是你幫他弄的，換言之，最常出現在我畫作裡的人也許是你也不一定。可見你對我來說多麼重要，你懂我的心思吧？

泰石啊，我們已經認識將近二十年了啊，天曉得你會從一個體毛多又渾身散發著大叔味的男孩，搖身一變，成為髮型師呢？又有誰會曉得原本只愛捉弄人、打籃球的我，竟然會成為電影明星。現如今，我們都已三十四歲了，這是一個說年輕也不年輕、說老也不老的年紀。五十四歲的我們又會做著什麼事呢？可能會聊現在這時期的我們，然後再許下友誼的承諾，希望七十四歲的我們，感情依舊如故。

雖然很欣賞你默默做事的認真模樣，但記得也要顧健康啊！我們如果要當陳年老友，那也得氣夠長才行。改天我們再聚一聚、小酌幾杯吧，我再連絡你。

My Hair Designer ｜複合媒材、合板｜ 118×60公分｜ 2010

為了原始的愛

「我愛妳。」

一名男子對一名女子能做的最誠懇告白。

「我愛你。」

不論在哪裡都能聽見的一句話。

愛是特別的，同時也無所不在的。因此它是最隱密的告白，也是最普遍的故事。要是走在路上聽見一首歌，應該會是一首訴說著我對妳一見鍾情的歌曲；假如去戲院裡看電影，應該會是一部講述原以為是友情卻發現是愛情的電影；若是在咖啡廳裡環顧四周，應該都是情侶在放閃或經歷分手傷痛。

今天要針對「愛」這個主題思考一番。

首先，畫筆先沾上生肉的顏色，在畫布上畫一顆愛心，不必顧慮左右對稱的問題，自然地轉動畫筆，一顆愛心便完成。

我稍微後退幾步，拿出一根香菸叼在嘴上。人們往往很輕易地說出「我愛妳」三個字，也相信自己很了解愛是什麼，但是如果有人問「愛是什麼？」的話，反而又支支吾吾答不出來。儘管如此，每個人依舊愛著某人並且渴望被愛，很有意思。明明不清楚愛的意義，卻可以愛人，也渴望被人愛。

我想要描繪的正是這種心理。

愛心的外圍我畫了一些迷宮，從左上角開始，用筆勾勒出柔和的蜿蜒迷宮。不論是複雜還是單純的路徑，都朝愛心邁進。像漁網一樣錯綜複雜的迷宮、像梯子一樣整齊規律的迷宮……不論哪一種形式的迷宮，最終都會通向愛情。

曾幾何時，我思考過一個人想要賺很多錢、成名、變美麗，會不會都是因為愛？因為他們可能認為只要越有錢、越有名、越美麗，就越能遇見更美好的愛情，所以那些複雜繁瑣的行為，最終其實也只是為了找到自己的另一半而已。等於是為了如此單純的目標而行動。

然而，這樣生活久了，你也會忘記自己的初衷。從某一刻起，你就會誤把賺錢、成名、變美麗當成自己的目標，然後生活也越漸坎坷，錢賺久了只想賺更多，成名、變美麗也是，只會變得更貪得無厭，因為人類的欲望是個無底洞。

而這時人們就會再去重新思考「愛」的真諦，彷彿初次渴望愛情般，希望自己也能有個心愛的對象。只要有這樣的對象，就算再窮、再醜，也會感到幸福，因為心愛的人一定會無時無刻守護自己。

我一邊想著這些事，一邊完成蜿蜒崎嶇的迷宮，紅色愛心的外圍已經被人們蠢蠢欲動的心全部占據，為愛而活，然後又重新渴望純粹的愛，每個人都是如此。那麼，目前正在談戀愛的人，又是什麼樣子呢？

來聽聽看自認在戀愛的人所分享的故事吧。據說有一間公司可以使你成功得到愛情，只要加入那家公司，就能開始戀愛。好奇怪，為什麼愛不是不知不覺間產生的情感，而是要靠擬定計畫追求？聽起來宛如企業家要執行一項專案一樣。

我決定要來畫畫看這些人所認為的愛情。

我把紅色愛心的內部用線條填滿，一樣從左上角開始畫起，用筆來描

Love ｜複合媒材、畫布｜ 91×116.5 公分｜ 2010

繪。但是這次不畫曲線，而改畫直線，用看起來理性、單調的直線密密麻麻地把愛心填滿。

學歷、家世背景、財產、職業、身高、體重……聽說是用這些種種條件作為標準來將男女會員分等級。唯有最高等級的男生才能和最高等級的女生見面約會，也就是把同等級的男女進行配對。

於是，同等級的男女終於見面。雙方都先從確認對方的條件開始，一邊吃飯喝茶，一邊提問回答，要是覺得都沒問題，就會決定和對方談戀愛。不知不覺間，紅色愛心內部就會像電氣迴路一樣密密麻麻。

我實在很難理解，這樣的愛情真的稱得上是愛嗎？在我的認知裡，愛是這樣的：

我希望我的手指可以不經意地觸碰到她的手指；我想要伸手緊握住她的手，然後永不放開；我想要把她拉進我的懷裡，緊緊擁抱她……

大致上是這種心態。其實也不需要解釋得更詳細或者更複雜，愛是一種情感，卻是以身體作為媒介完成，因此，愛是動物最原始的本能，對我來說這是最精準也最誠實的定義。

然而，怎麼會有人徹底失去這種本能，凡事都用衡量計算的方式過生活？據我所知，最近有很多人為了身體建康而提倡「有機人生」，專門吃有機食材製作而成的食品，盡可能使用環保材質的產品等。

不過有趣的是，大家面對愛情反而背道而馳，談著一點也不「有機」的戀愛。明明口口聲聲說只要越接近大自然，就越健康、越幸福，但是人生中最重要的「愛情」，反而離大自然最遙遠。

可見人類多麼不幸，我想一定有很多人一輩子都沒體驗過所謂真正的愛情就離開人世。而且大家的心理多少都病了，在重新體會到什麼是真愛以前，就像一隻飢腸轆轆、體力透支的野獸窩在地上。

Star ｜複合媒材、畫布｜ 162×130公分｜ 2011

我希望大家可以重新體驗到真愛，我把這樣的心情挪移至畫布上。真愛是有機的，必須敞開身心去感受，忘掉那些外在條件，好好專注在彼此身上。

而且真愛是一步一腳印走向對方。就如同瞭解對方的音樂偏好或吃東西的口味偏好等，逐漸了解對方的這些小細節便是愛。偶然感受到彼此心靈相通時，瞬間出現的那種過電酥麻感也是愛。自認瞭解對方，卻在某個瞬間發現自己其實並不瞭解對方，這亦是愛。不管多努力，還是難以拉近彼此的內心距離，並對此感到焦慮難耐，這也是愛。忍受對方因為一個小誤會而感到非常失望，甚至害得兩人關係疏遠，這同樣是愛……藉由如此困難的過程理解彼此、習慣彼此，這才是真愛。

由此可見，愛是很容易深陷的情感，同時也是很難建立的關係。我希望這樣的愛能夠像香水般飄散出去。我試著用紅色噴漆在畫布上噴灑，雖然還很模糊，但我相信有朝一日一定能散播到遠方。

樹木，繁星，夢想，畫畫

樹木其實和人很像，樹木的根要向下紮得夠深，面對強風來襲才能無動於衷。人也是一樣的道理，信念要夠堅定，面對試煉才會不容易被擊倒。除此之外，樹木的根要牢固才有辦法結出美味可口的果實，人也是信念夠強才有辦法完成遠大的夢想。

最終，樹木的根是為了果實而存在，因為樹木的任務是傳播種子，繁衍後代。而人類的信念同樣為夢想存在，因為人類的任務是不停作夢，並實現那些夢想。

我所畫的一系列合板畫〈Dream〉（p.265）正是基於這樣的想法而誕生。記得當時是在拍電影《黃海追緝》時，由於拍攝時程比我原先預想的還長，在片場又很辛苦，所以當時很敏感，也易怒。某天，我因為累到筋疲力盡而在片場角落發呆休息，當時我的靈魂彷彿脫離了身體般俯瞰著呆坐在那裡的我，心想：「我現在到底在幹嘛？」

不過這問題並不是在問自己已經拍到第幾場戲，也不是怨嘆自己究竟為何要過如此辛苦的生活。比較像是在觀看天空中的繁星那樣，用茫然的心情看著自己，思考目前的我正位於何處；為了實現如星星般遙不可及的夢想，我正望向什麼地方、走在哪條路上。

我把片場上用到的合板裁切成適當大小拿來作畫，恰巧可以用來讓我嘗試新的畫畫手感，還能夠體現出電影拍攝過程中畫出來的作品，所以深得我心。我描繪著華麗星光灑落在樹上的畫面，感受著滿滿的幸福。原本敏感緊繃的神經也獲得撫慰，重新找回平靜，並且感受到內心深處再度注入一股全新的能量。

樹木素描

我試著想像完成那幅畫以後事隔二十年、三十年的我，我希望自己能成為像卓別林那樣的演員。雖然很喜歡他的幽默風趣，但最主要是很羨慕他能對電影每個環節瞭若指掌。他不只會演戲，還兼任過導演、編劇、製片、配樂。尤其驚人的是即便過了這麼久，他的電影仍受大眾喜愛。

然而，看似與生俱來的才能與藝術感背後，又隱藏著多少不為人知的努力與苦思呢？所以更令我崇拜不已。不過我並不會感到擔心或焦慮，深怕自己追不上他，因為光有這份以他為目標的夢想，我的內心就已經富足。而且在夢想設定好的那一瞬間，便會有許多我需要突破的新事物接踵而至。

有時看見年紀輕輕就已江郎才盡的人會感到十分惋惜。因為年輕時的我們其實並不完整，無時無刻都在學習、彌補自己的不足。在我看來，一個人要像花朵盛開般美艷動人，反而是在老年，當我們年歲已高、成為老人時，人生肯定已積累了許多自行習得的優點。所以我一點也不害怕變老，我相信那時候的自己一定比現在更進步、更能夠開成一朵華麗的花。

若從這點來看，克林·伊斯威特是我心目中最理想的完美老人。演了一輩子戲的他，在一九七一年，也就是韓國年齡四十二[5]歲那年，因為接演了電影《迷霧追魂》廣受好評。儘管已經八十二歲，令大眾與影評驚艷不絕的作品仍層出不窮。

只要是演員，相信任誰都會對製片一職感興趣，包括克林·伊斯威特也是。其實他大可利用身為演員的名氣在更早的時間點擔任製片，但是他並沒有如此草率行動，而是靜待自己的實力及時機成熟。

光憑一點才氣和感覺就冒然跳入製片行列的演員何其多，他卻禁得起誘惑沒有衝動行事，這點令我十分驚訝。我相信就算他當時憑藉著演員的高人氣倉促跨入製片領域，也一定能推出不差的電影作品，但是他為了讓大眾看見更趨近完美的作品，應該是有百般壓抑焦急萬分的心。因為他比誰都還要清楚知道，比起速成地實現夢想，更重要的是要懂得認知那夢想是否充分成熟，這是最令我欽佩的地方。

雖然我在美術界還處於新手階段，但是透過第一場個人畫展，讓我幸運認識了許多優秀的老師和夥伴，才得以有好的開始。如今，我最需要專注的課題是創造屬於我自己的畫風，所以眼下當務之急，我都盡全力去嘗試達成。儘管現階段的我還只會爬、連走都不會，心中仍對未來有一份期許——希望大家聽到「河正宇」這三個字時，能聯想到一、兩幅代表畫作；就如同提到畢卡索會自動聯想到〈格爾尼卡〉、〈亞維農的少女〉，說到梵谷會想到〈星夜〉、〈向日葵〉一樣。

就算是對美術涉獵不深的人，也一定看過這些畫作。這些作品雖然深

5　韓國年齡計算方式類似台灣的虛歲，一出生就是一歲。

受大眾喜愛，卻沒有因此而價值貶低，反而成為百看不膩的傑出名畫。這些作品之所以是真正的名畫，並非因為他們名氣響亮或價值連城，而是因為每一次觀看都會帶來全新的感動與樂趣。我想要畫的正是這種作品，會太貪心嗎？

而且這真的是「想得美，別作夢了！」的「夢」。在家中作畫時，很常覺得空間過於狹小，完成的作品不僅要交叉豎立排放，還無法自由揮灑噴墨，每當這種時候，我就會夢想有一間屬於自己的工作室。

雖然這是有點不切實際的夢想，也不曉得何時才會實現，但是假如有朝一日成功兑現，我會希望這間工作室可以成為和各領域藝術家們交流互動的空間，同時也是朋友們可以放鬆心情、盡情享受的空間。每次只要一想到未來的工作室，就會使我徹底陷入浪漫的幻想中。

我心目中的夢幻工作室總共有四層樓。一樓希望打造成一間咖啡廳，讓心愛的朋友們來這裡喝杯咖啡，聊聊各自的生活、藝術等話題。偶爾

Dream ｜複合媒材、合板｜ 88×65公分｜ 2010

我會親自烘咖啡豆、沖泡熱水，招待一杯香氣四溢的濃醇咖啡給大家品嘗。「咖啡師河正宇」，感覺應該也很酷。

接著二樓和三樓則想布置成工作室空間。首先，天花板挑高，然後要有很多根柱子，這樣才能把我畫的作品全部展示出來。在樓下咖啡廳聊天聊到沒話題的人，可以拿著咖啡來到二樓，慢慢欣賞我的畫作。我希望就算沒有特別舉辦個展，大家也能隨時欣賞我的作品。對了，還要有梯子，畢竟天花板是挑高的，如果要順利掛畫，就必須備有梯子。朋友們也可以爬上梯子近距離觀賞我的畫作。

三樓除了創作空間以外，還希望有一部分可以作為展示空間，主要是展示一些過去我參與過演出的電影劇本、服裝、道具等。不論是電影《B咖大翻身》裡的滑雪服，還是電影《追擊者》裡的斧頭等，將那些東西統統聚集在一起收藏起來，應該很有趣，可以一目瞭然地看見我所飾演過的角色人物。我希望大家來到這裡不僅可以看見我的畫作，還能遇見我行走在電影路上的足跡。是演員和畫家的痕跡同時重疊在這間工作室裡。

四樓則希望打造成寬闊的陽台。炎夏傍晚，我會邀請三五好友來這裡開趴，聽著音樂，小酌幾杯，享受一段幸福時光。然後還要搭一個白色帳棚，讓體力不支的朋友可以去休息。趁著散會前，放一張巨型畫布讓大夥一同作畫應該也滿有趣，把我們的幸福時光封印在那幅巨畫裡。

哪天我要再以樹木和星星作為主題畫一幅畫，要畫得比之前在合板上的那幅更壯觀華麗。因為樹木會繼續生長，這樣就能掛上更多顆的星星。我該準備什麼尺寸的畫布才好呢？如果要畫一幅比我身高還要高的樹木，然後有繁星落下，那麼至少也要準備一百五十號[6]的尺寸才夠吧！

---

6 227.0×182.0公分大小的尺寸。

Fly Me to the Star｜複合媒材、畫布｜117×73公分｜2011

無意識的畫線，有意識的填色

那扇門，還在嗎？

當我打算寫自己的故事時，我第一個想到的竟然是那扇門，還沒搬來這裡住以前的舊家廁所門。每當我要準備大號時，都會拿著一支筆進去，把那扇門當成畫布，隨意塗鴉。一開始是因為上廁所的時間太無聊，所以只是塗好玩，沒想到最終竟成了一件超乎想像的廁所門作品。

明明當初塗鴉的動機是為了讓自己上廁所不那麼無聊，結果不知不覺間竟畫成了有模有樣的迷宮。當時我暗自心想，等畫到沒空間可畫時，我就要為這迷宮上色。所以後來每當我要去上廁所時，都會提著水彩顏料進去。其實完成品還滿壯觀的，早知道搬家時就把那扇門拆下來搬來這裡，現如今應該早已被屋主拆掉或重新漆回白色了吧。

我最近經常畫迷宮，不假思索地拿起筆來畫線使我很享受。雖然乍看之下會覺得是經過一番縝密規劃而完成的畫作，但實際上只是跟著感覺走，想怎麼畫就怎麼畫出來的。而且專注一段時間過後，會有一種內在全部被清空的感覺，變得澄澈透明，彷彿過去累積在心底的那些情感和故事，都沿著那些線條一掃而空。

由於迷宮非常細緻，要完成一幅迷宮圖通常需要花很長時間，至少要持續不間斷地畫好幾個月才有辦法將畫布填滿。好不容易完成後，我會暫時休息一下，叼著香菸站在遠處觀看。從長時間近距離坐在畫布前描繪，變成站在遠處觀看整體面貌，這麼做反而容易看見過去作畫時沒有注意到的細節。

當我和畫保持一段距離後，終於看見線條交織出的空間。然後我再將顏色塗在最顯眼的位置，為整幅畫畫龍點睛。在那瞬間，原本靜止休息的意識會突然活躍運作起來。尋找合適的顏色將線連成面以後，這幅畫便大功告成，彷彿有個人把我的手舉起，還對我說：「好了，停！」讓我再也不想去動筆，這時便是準備要收尾的階段。

我無意識的畫線，有意識的填色。

無意識與有意識的組合，這是我畫「迷宮」的方式。

在我看來，人生其實也和畫迷宮的這種方式雷同，世上所有事情都像雲朵般不經意地生成，沒有發生那件事情的必然理由。然而，要是從遠處觀看人生，就會發現其實自己一直循著某種規則和方向移動。就如同隨興發揮的迷宮圖完成後，看起來就會像是經過縝密規畫畫出來的一樣。

人們不會放任這世界於不顧，因為要能夠在如此複雜紛擾的世界裡生

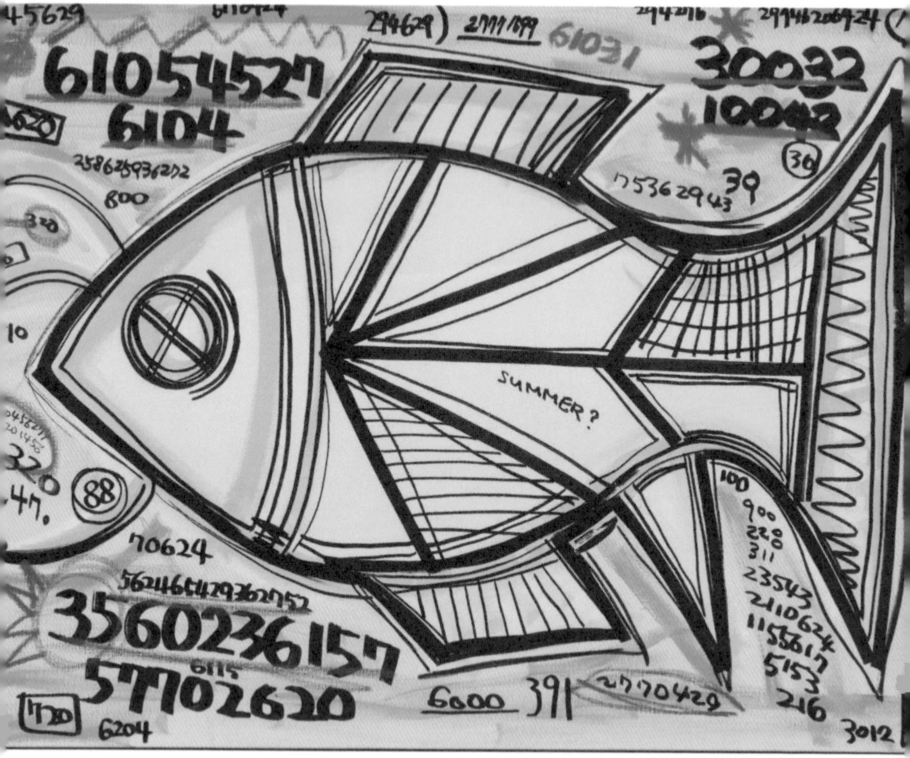

Fish ｜複合媒材、畫布｜ 65×90.5公分｜ 2010

存，是一件非常困難的事。所以即使是芝麻蒜皮小事，大家也會為其賦予意義，每個人也都會創造活著的理由與目的。唯有如此，才能避免在人生這場迷宮中徘徊，並且戰勝焦慮內心。我並不會在完成迷宮作品後將它置之不理，而是想為它塗上色彩，然後特別看待偶然形成的空間，再按照自己的方式為其補強。

這讓我不禁產生了一個念頭，或許寫自己的故事也是如此。為了完成這本書，我先回顧過往猶如迷宮般盤根錯節的歲月，然後再將模糊不清的記憶清楚地勾勒出來，再花很長一段時間思考那些過去究竟對我有何意義。

把無數個如散沙般的記憶集結成實實在在的故事，是一段既陌生又困難的過程。因為要先將腦海裡的想法明確整理出來，才有辦法精準表達。我就這樣反覆不斷地寫了又改、改了又寫，蓋出了一座二〇一〇年的沙堡，雖然都是一些隔天起來看會想要重新堆砌的故事，但我想先寫到這裡。

這是截至二〇一一年春天為止的河正宇。

河正宇心愛的藝術家：畢卡索

假如真有前世，畢卡索的前十世應該都是畫家。有人說過，在某個領域達到巔峰的人，其實早在前世就已經下足苦功。換言之，為了在今世超群出眾，光靠這輩子的努力還不足夠。雖然名氣響亮、優秀傑出的藝術家不計其數，但是在那當中尤其以畢卡索最出色。從八歲孩童到八十歲老人，十人裡面有十人都知道畢卡索是誰。世界上究竟有多少人擁有如此高知名度？

後頁的圖是畢卡索在二十一歲那年描繪的自畫像，從憂鬱冰冷的底色推測，這一定是藍色時期的代表作品。畫裡的男子正值二十一歲，說還小也的確還小、說年輕也的確年輕的年紀。然而畫裡的青年不論怎麼看都像四十歲，因為他有著一張涉世已深、早已嘗盡人情冷暖的表情。這樣的表情讓我十分著迷，所以經常依照這幅畫描繪（p.22作品）。

這幅畫最吸引我的部分是以粗曠手法表現的白色額頭，彷彿在表示不讓憂鬱的藍底專美於前的感覺，那片額頭看起來自信十足，也多虧有那片額頭，讓帶有一點藍色、微微凹陷的眼睛和雙頰，看起來沒那麼懦弱。從藍色和白色的對比中可以感受到畢卡索的能量——不是因為涉世未深而有勇無謀，是即便嘗盡苦頭仍不願服輸的那股能量。

• 巴勃羅・畢卡索（Pablo Picasso，1881~1973）

出生西班牙，活躍於法國的立體派畫家。十九歲那年首次到訪巴黎，接觸到莫內（Claude Monet）、雷諾瓦（Pierre-Auguste Renoir）等印象派畫作，深受高更（Paul Gauguin）的原始主義和梵谷的表現主義影響。他經歷了一段刻畫巴黎悲慘生活的藍色時期，並創立了立體主義。代表作有〈格爾尼卡〉、〈亞維農的少女〉。

Autoportrait ｜油彩、畫布｜ 81×60公分｜ 1901

河正宇心愛的藝術家：保羅．克利

有時我會比平常早醒，幸運地看見漆黑天空夾帶著一絲靛藍。〈金魚〉這幅畫的底色正好像極了那黎明時分的天空，那是充滿無限可能的藍。由於是正值早晨即將開始的時刻，所以會覺得世界彷彿充斥著許多未竟的夢想。

這幅畫的中央有一條金魚，渾身散發金屬光澤。注視著這條金魚，會讓我想起七月份最後一個禮拜的記憶，也就是小時候的暑假回憶。那個時間點正好是剛開始放假、距離開學還要很久的時候，我們可以暫時忘掉暑假作業，盡情地嬉鬧奔跑，也可以有通紅的西瓜吃到飽，或者吹著風扇躺在地板上大睡午覺。等黑夜降臨，我們每個人又會變成一尾活龍，熬夜通霄，聆聽夜晚的蟲鳴聲，抓著該死的蚊子，吹著溫熱的夜風，和家人團聚在一起看電視，甚至在夜裡煮泡麵來吃。那是一段完全沒在擔心身材走樣的時期。

這幅畫帶我回到當初那個豐裕富饒的夏夜，那段只有開心、快樂、興致勃勃的時期。

• 保羅．克利（Paul Klee，1879~1940）

瑞士出身的畫家，出生在父親是國立音樂學校教師，母親是聲樂家的家庭。初期主要創作帶有社會批判性與怪異風格的版畫，後來在一九一一年遇見康丁斯基（Wassily Kandinsky）以後加入了青騎士[7]，一九一四年透過突尼西亞之旅開啟了對色

---

7 青騎士是一個因受到慕尼黑新藝術家協會排斥而組成的藝術家團體，也是畫家瓦西里．康定斯基和弗蘭茨．馬爾克對於他們的展覽作品及公開活動的稱呼。

Le Poisson d’Or ｜油彩、木板｜ 49.6×69.2公分｜ 1925

彩的眼界，自此之後便展開屬於自己的獨特畫風世界。晚期畫作經常使用宛如孩童所畫的簡單象形符號，反映當下的心情。

河正宇心愛的藝術家：梵谷

當我們想要更換房間氣氛時，會從燈光下手，不論是比平時調得更昏暗還是更明亮，心情都會隨著燈光明暗而改變。要是再增添音樂的元素，一定會改造成截然不同的空間。燈光和音樂，光靠這兩種元素便足夠。

看著這幅畫會讓我覺得梵谷生前一定是個對光影、聲音十分敏銳的畫家。咖啡廳的黃色燈光不禁會令人聯想到〈向日葵〉那幅畫，那樣的黃使得星空和建築物的藍看起來更接近靛藍。這種黃與藍的對比，反而使整幅畫生氣蓬勃，讓夜景充滿活力。

雖然在這幅畫上聽不見任何音，但至少是可以引發想像的。各位不覺得咖啡廳裡應該會傳出微微的音樂聲響嗎？感覺會是一首用手風琴或小提琴演奏的曲子，溫暖又悠閒。音樂中還夾雜著咖啡廳裡的人聲、腳步聲等，成為浪漫的夜晚風情。

有活力又兼具浪漫氛圍的傍晚咖啡廳，雖然已經是一百年前的街景，但感覺好像在首爾的某個巷弄中也可遇見。

• 文森・梵谷（Vincent Van Gogh・1853～1890）

荷蘭後印象派畫家，原本想成為一名神職人員，可惜沒能如願進入神學系，也因為有情緒失控的特質而不被認可為傳道士。他相信畫畫能救贖自己，於是決定踏上畫家之路。他將日本浮世繪運用到印象派畫作裡，創造出明亮畫風。從巴黎搬到亞爾居住以後，留下了〈向日葵〉等鉅作。最後是因精神衰弱而開槍自轟。

Cafe' Terrace, Place du Forum, Arles ｜油彩、畫布｜ 81×65.5公分｜ 1888

致謝

每一部電影最後都有片尾字幕，以黑底為背景，秀出所有工作人員的姓名。透過這份長長名單，可以體會到拍一部電影，背後其實需要多少人的幫助與努力才有辦法完成。那些名單全部跑完，電影才算正式結束。

這本書也是，一開始我發現自己原來有這麼多故事可寫感到驚訝，然而，隨著原稿的厚度逐漸增加，讓我發現原來這些故事都不是單靠我一個人的力量創造而成。是因為有許多人和我互動才有這些回憶，要是沒有他們，我可能根本沒這麼多故事可寫，也不會有這些令我幸福無比、沉浸其中的珍貴記憶。

因此，我想要將他們的名字統統寫在這裡，雖然有點擔心這樣的致謝方式會不會太老套，但我還是想在此好好感謝這些人。假如名單當中遺漏掉誰，請把它當成是我的記憶開了個玩笑就好，別太介意。

康晟範、姜申哲、高落善、高勝吉、高賢廷、孔曉振、具恩愛、權世仁、權右熙、金剛于、金建形、金基德、金娜潾、金東旭A、金東旭B、金相泰、金英南、金永勳、金容建、金容華、金允錫、金恩慧、金在珉、金在華、金鐘根、金俊、金俊圭、金知碩、金智慧、金鎮雅、金泰石、金泰煥、金賢基、羅丙俊、羅泓軫、馬東石、文武兼、文秉哲、文柔強、樸光村、樸根壽、朴東雨、朴民觀、朴惠光、裵善迴、裵在勳、白成哲、白承賢、邊逢賢、大麥、徐康俊、徐英趙、徐征準、孫英成、申宇哲、申昌碩、沈炫奎、安尚元、安仁圭、梁在復、梁正雄、梁俊英、楊賢誠、廉興源、吳義澤、吳宗訓、于熙日、禹喜珍、原英哲、柳仁村、劉哲龍、尹啟相、尹旅生、尹鐘彬、李慶雲、李教育、李東輝、李凡秀、李寶恩、李相元、李相賢、李尚勳、李碩源、李成宰、李承俊、李英美、李祐汀、李潤棋、李在淵、李載應、李貞賢、李志勳、李昌宰、李哲伍、李賢培、李賢夏、李形權、李喜宰、林在勤、林賢成、蠶院洞林秀晶、張元碩、全啟修、全度妍、鄭敬淏、鄭羅妍、鄭美正、丁由、趙光玄、池珍熙、菜京華、蔡尹道、蔡宏德、崔圭換、崔吉勇、崔堂石、崔岷植、崔尚浩、崔在煥、崔正日、崔振旭、崔治林、河勇彬、河晙鎬、韓達皓、韓成天、洪常秀、黃呈憲、黃藝仁、黃佑聖……[8]

以及正在閱讀本書的您。

向各位一一致上我最深的謝意。

二〇一一年四月　河正宇

8 這份名單幾乎為音譯，排列順序按照韓文子音順序，如同注音排序一樣。

Map ｜油彩、畫布｜ 65.5×90.5 公分｜ 2010

繪畫作品一覽

2007

Wind | 2007

Untitled | 2007

Flower 1 | 2007

Man | 2007 | 51頁

Time Out | 2007 | 197頁

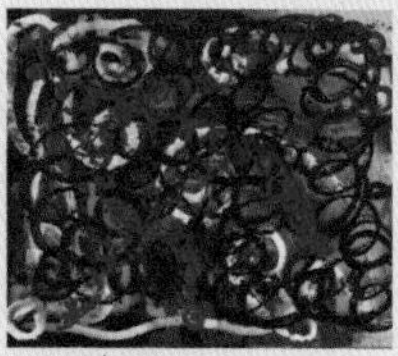
Untitled | 2007

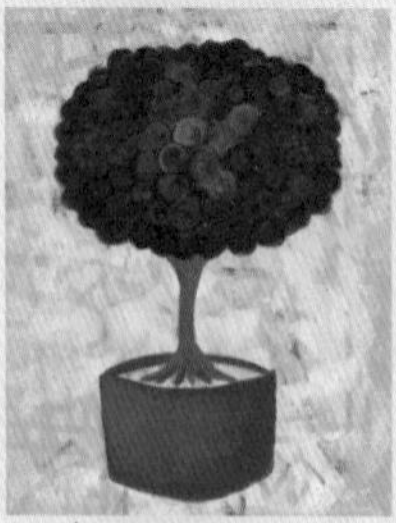
Tree1 | 2007

Fish 1 | 2007

2008

Untitled | 2008 | 73頁

Actor | 2008 | 11頁

Dog1 | 2008

Untitled | 2008

Untitled | 2008 | 188頁

Untitled | 2008

2009

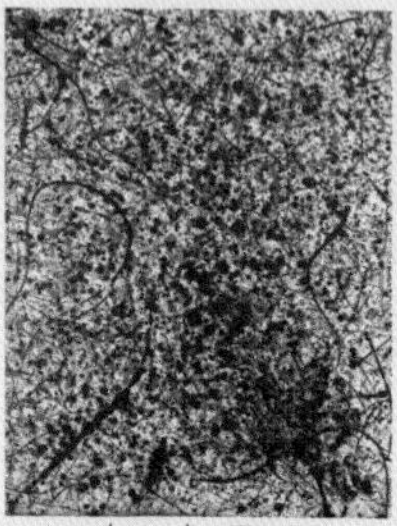
History 1 | 2009 | 46頁

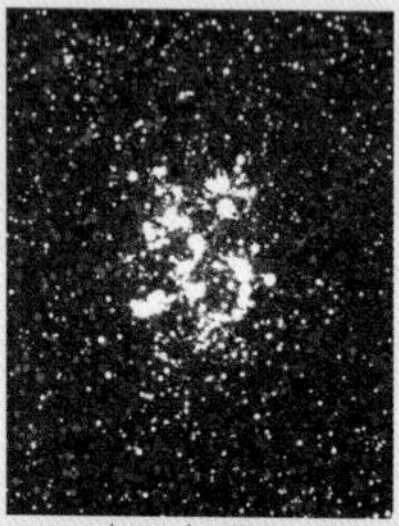
History 2 | 2009 | 47頁

Window | 2009 | 193頁

Mr. Lee 1 | 2009 | 153頁

Mr. Lee 2 | 2009 | 157頁

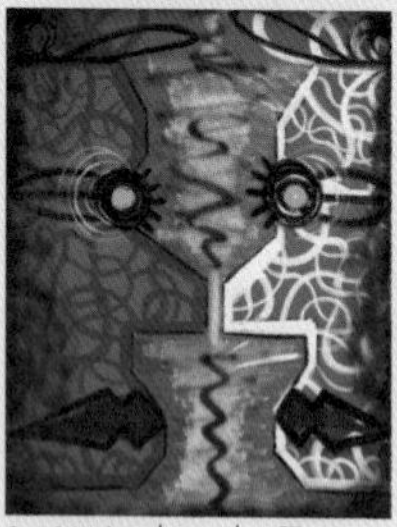
Day & Night 1 | 2009 | 38頁

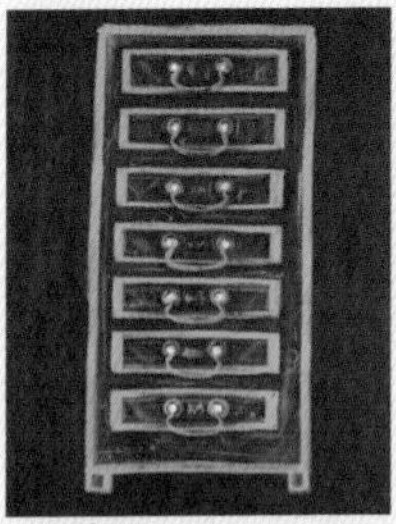

Drawer | 2009

Event | 2009

Wave | 2009

Whiskey | 2009 | 213頁

X | 2007

Tree 2 | 2009

2009

Fish 2 | 2009

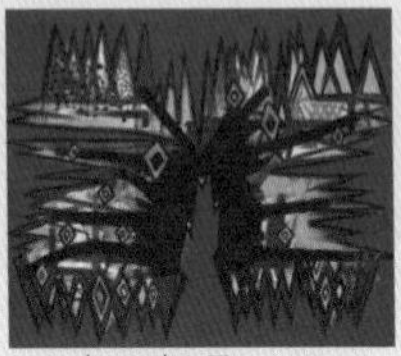
Alaska | 2009 | 34頁

Trace | 2009 | 55頁

Street | 2009 | 122頁

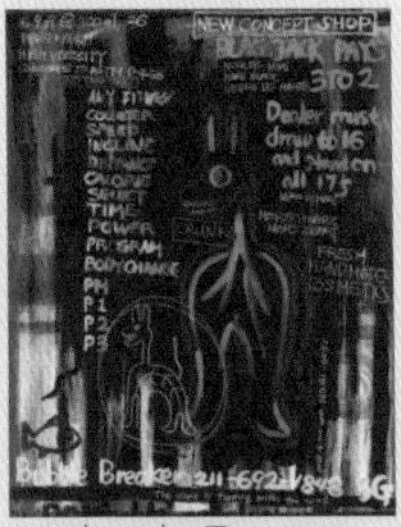

Dog 2 | 2009 | 50頁

Bull | 2009 | 201頁

No.6 | 2009

Fishes | 2009 | 77頁

2010

Day & Night 2 | 2010 | 43頁

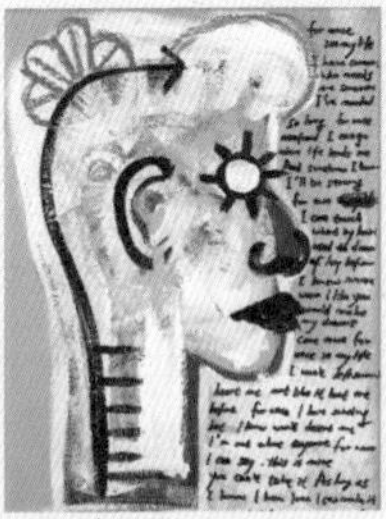

Untitled | 2010

Rocker | 2010

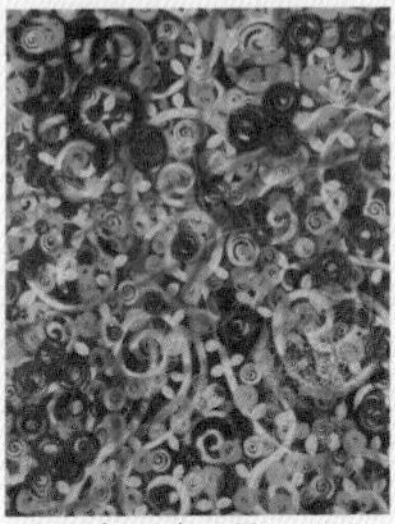

Flower 3 | 2010 | 149頁

Spider Man | 2010 | 245頁

Tree 3 | 2010

Fish 3 | 2010 | 212頁

Mask | 2010 | 59頁

Trust Me! I Am a Doctor | 2010 | 220頁

2010

Me | 2010

Flower4 | 2010

Dream | 2010 | 265頁

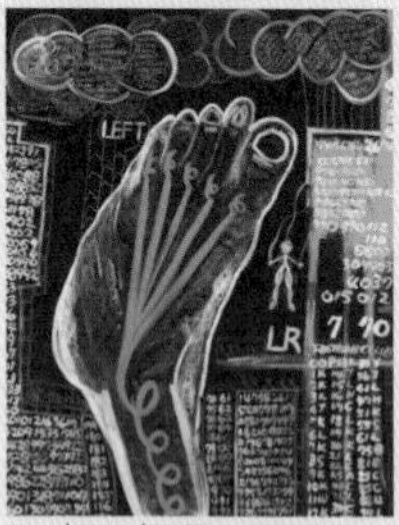

Foot | 2010 | 13頁

Queen | 2010 | 29頁

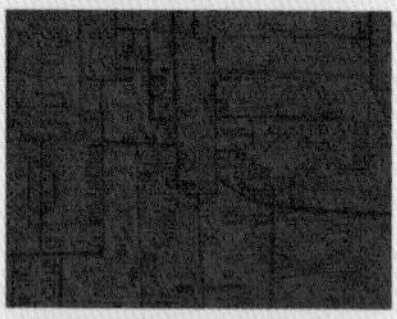
Production1 | 2010 | 76頁

Still Life | 2010

It Will Stop Soon | 2010 | 137頁

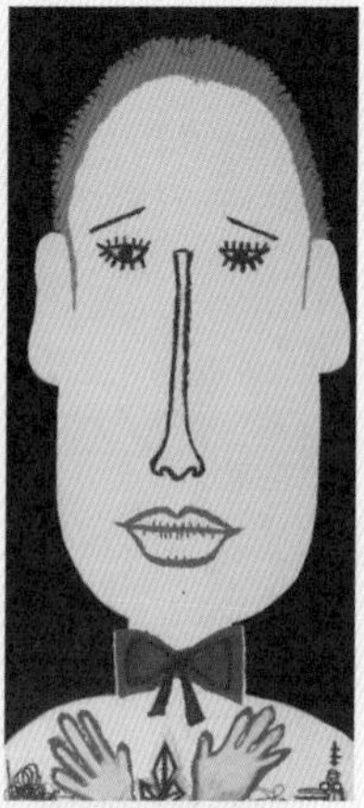

Lonely Night | 2010 | 209頁

King | 2010 | 177頁

Flower 2 | 2010

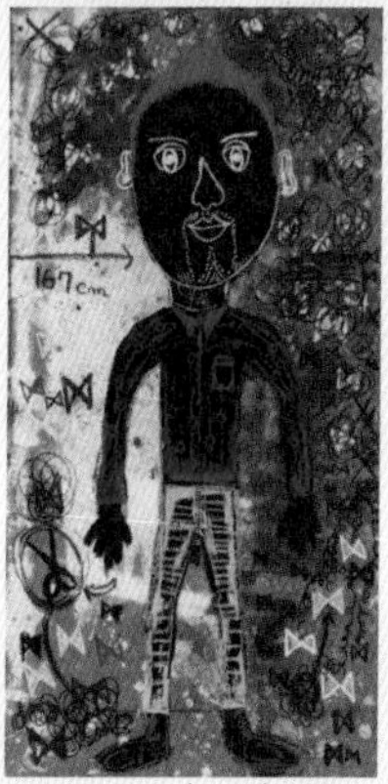

My Hair Designer | 2010 | 248頁

2010

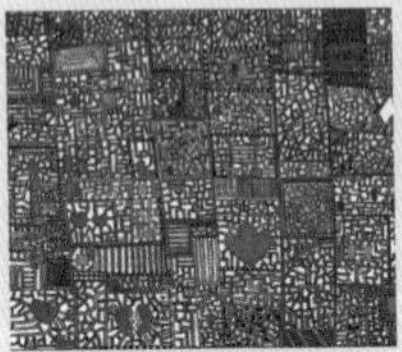

Map | 2010 | 228~229頁

Production 3 | 2010 | 205頁

For Sale | 2010

Chee Ken | 2010 | 145頁

Production 2 | 2010 | 176頁

Not Alfredo | 2010 | 119頁

Love | 2010 | 253頁

2011

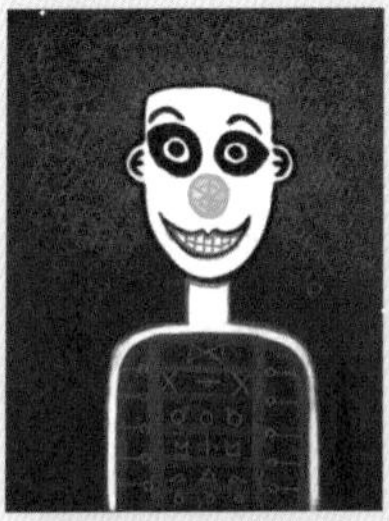

Nothing to Smile About | 2011 | 237頁

Baby | 2011 | 68頁

I Love Film | 2011 | 127頁

Joker Love | 2011 | 62頁

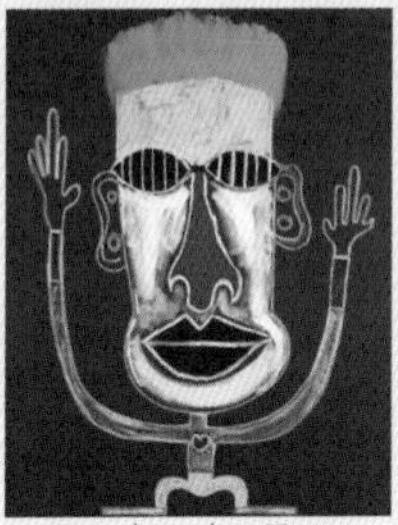

Ray Charles | 2011 | 180頁

Pierrot of Tears | 2011 | 63頁

2011

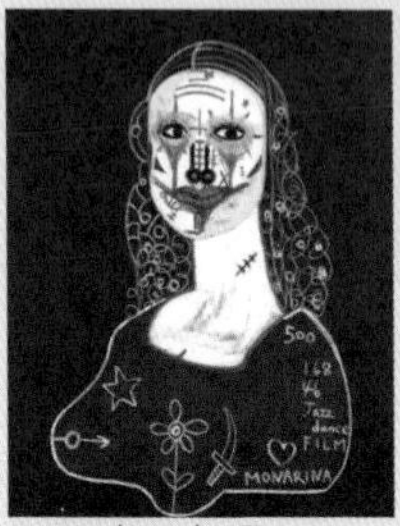

Monarina | 2011 | 25頁

Star | 2011 | 256頁

Present | 2011 | 145頁

Memory of Friday Night | 2011 | 229頁

Wig ? | 2011 | 81頁

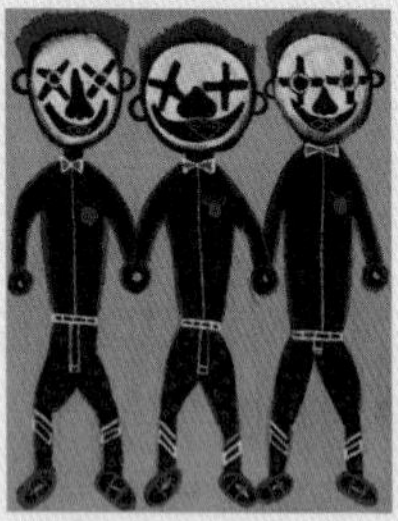

HwangHae | 2011 | 69頁

I Saw You Dancing | 2011 | 89頁

Nothing to Talk About | 2011 | 85頁

Smile | 2011 | 133頁

No.18 | 2011 | 225頁

Exercise | 2011 | 173頁

2011

I Was Born in 1978 | 2011 | 184頁

I Don't Know Who I Am | 2011 | 65頁

Keep Silence | 2011 | 17頁

Tell Me How You Feel | 2011

Fly Me to the Star | 2011 | 268頁

Smile Again | 2011

Mr. Lonely | 2011

Just Laughed | 2011

Alone | 2011

Brothers | 2011

Brave Heart | 2011

2011

Mao | 2011

Sorry | 2011

Thinking | 2011

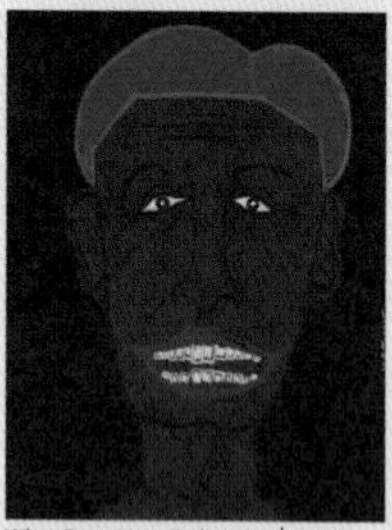

What Does Your Father Do | 2011

Mr. Jo | 2011

Gloomy Monday | 2011

2011.4.27

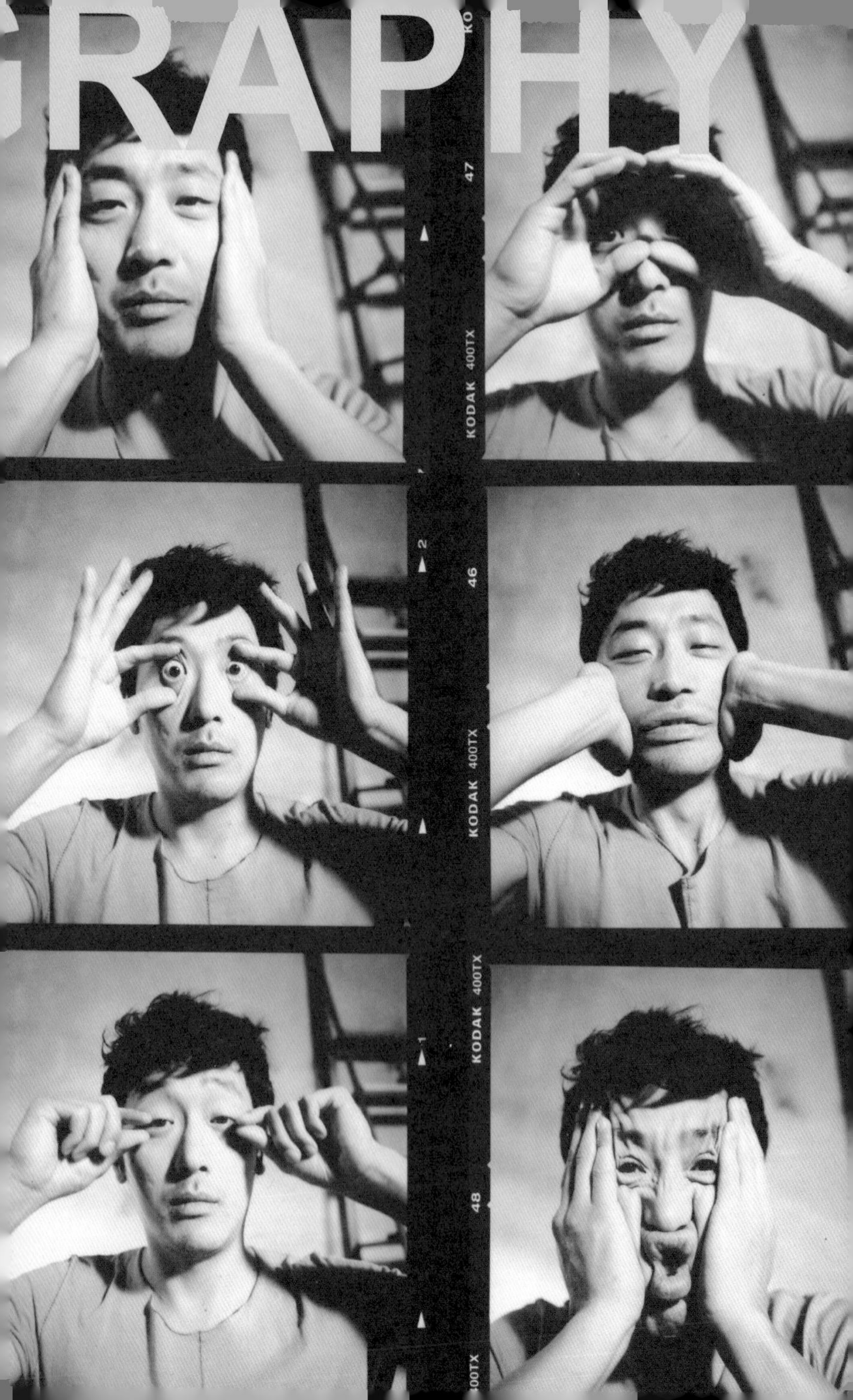
GRAPHY
KODAK 400TX
47
46
48

FILMOG

電影

二〇〇三，《瑪德琳蛋糕》
二〇〇四，《超級明星甘先生》
二〇〇五，《兄弟以上，斷背未滿》《凸槌俏女警》
二〇〇六，《九尾狐家族》《時間》
二〇〇七，《窒息情慾》《第二次愛情》
二〇〇八，《最熟悉的陌生人》《野獸男孩》《追擊者》
二〇〇九，《B咖大翻身》《霧港暗戰》《懂得又如何》
二〇一〇，《黃海追緝》《平行理論》
二〇一一，《委託人》
二〇一二，《與犯罪的戰爭：壞傢伙的全盛時代》《愛情小說》《577計畫》

電視劇

二〇〇二SBS電視台《Honest Living》
二〇〇四KBS電視台《武人時代》
二〇〇五KBS電視台《布拉格戀人》
二〇〇七MBC電視台《H.I.T》

舞台劇

二〇〇〇，《加油！金順》
二〇〇一，《Good Doctor》《卡門》
二〇〇二，《等待果陀》《玻璃動物園》
二〇〇三，《奧賽羅》

榮獲獎項

二〇〇五韓國電影評論家協會獎男子新人獎
二〇〇六導演選拔獎年度新人獎
二〇〇七波爾圖國際電影節男主角獎
二〇〇九青龍電影獎人氣明星獎、釜日電影獎男主角獎、釜山電影評論家協會賞男主角獎
二〇一〇第四十六屆百想藝術大賞電影部門男子最優秀演技獎
二〇一一第四十七屆百想藝術大賞電影部門男子最優秀演技獎、亞洲電影大獎最佳男主角

文學森林 LF0122

有感覺
——河正宇的繪畫與人生隨筆
하정우，느낌 있다

作者
河正宇（하정우）
演員、電影導演、電影製片、作畫的人，以及走路的人。

譯者
尹嘉玄（윤가현）
韓國華僑，政大廣播電視學系畢業，曾任出版社韓文編輯，從事韓文相關工作逾十年，現為書籍專職譯者，也是全職媽媽。譯作涵蓋各領域。
翻譯作品：gahyun0716@instagram

封面設計　陳恩安
責任編輯　陳柏昌
行銷企劃　楊若榆、李岱樺
版權負責　李佳翰
副總編輯　梁心愉
初版一刷　二〇二〇年二月三日
定價　新台幣三八〇元

ThinKingDom 新經典文化
發行人　葉美瑤
出版　新經典圖文傳播有限公司
地址　台北市中正區重慶南路一段五七號十一樓之四
電話　02-2331-1830　傳真　02-2331-1831
讀者服務信箱　thinkingdomtw@gmail.com
粉絲專頁　http://www.facebook.com/thinkingdom/

總經銷　高寶書版集團
地址　台北市內湖區洲子街八八號三樓
電話　02-2799-2788　傳真　02-2799-0909
海外總經銷　時報文化出版企業股份有限公司
地址　桃園市龜山區萬壽路二段三五一號
電話　02-2306-6842　傳真　02-2304-9301

有感覺——河正宇的繪畫與人生隨筆 / 河正宇著；尹嘉玄譯. -- 初版. -- 台北市：新經典圖文傳播，2020.02
312面；13×20公分. --（文學森林；LF0122）
ISBN 978-986-98621-1-0（平裝）

862.6　　108022956

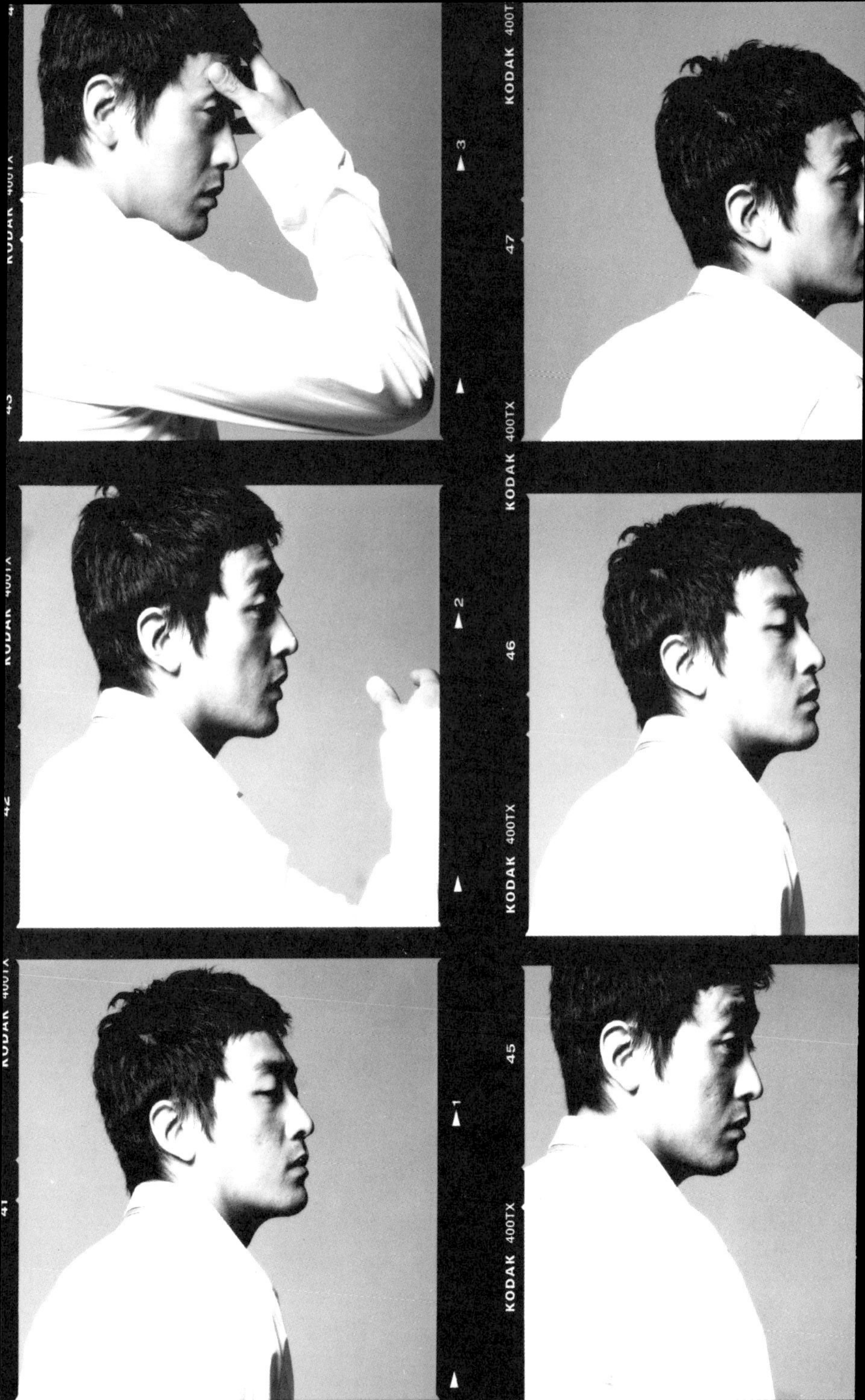
KODAK 400TX
3
47
KODAK 400TX
2
46
KODAK 400TX
1
45
KODAK 400TX

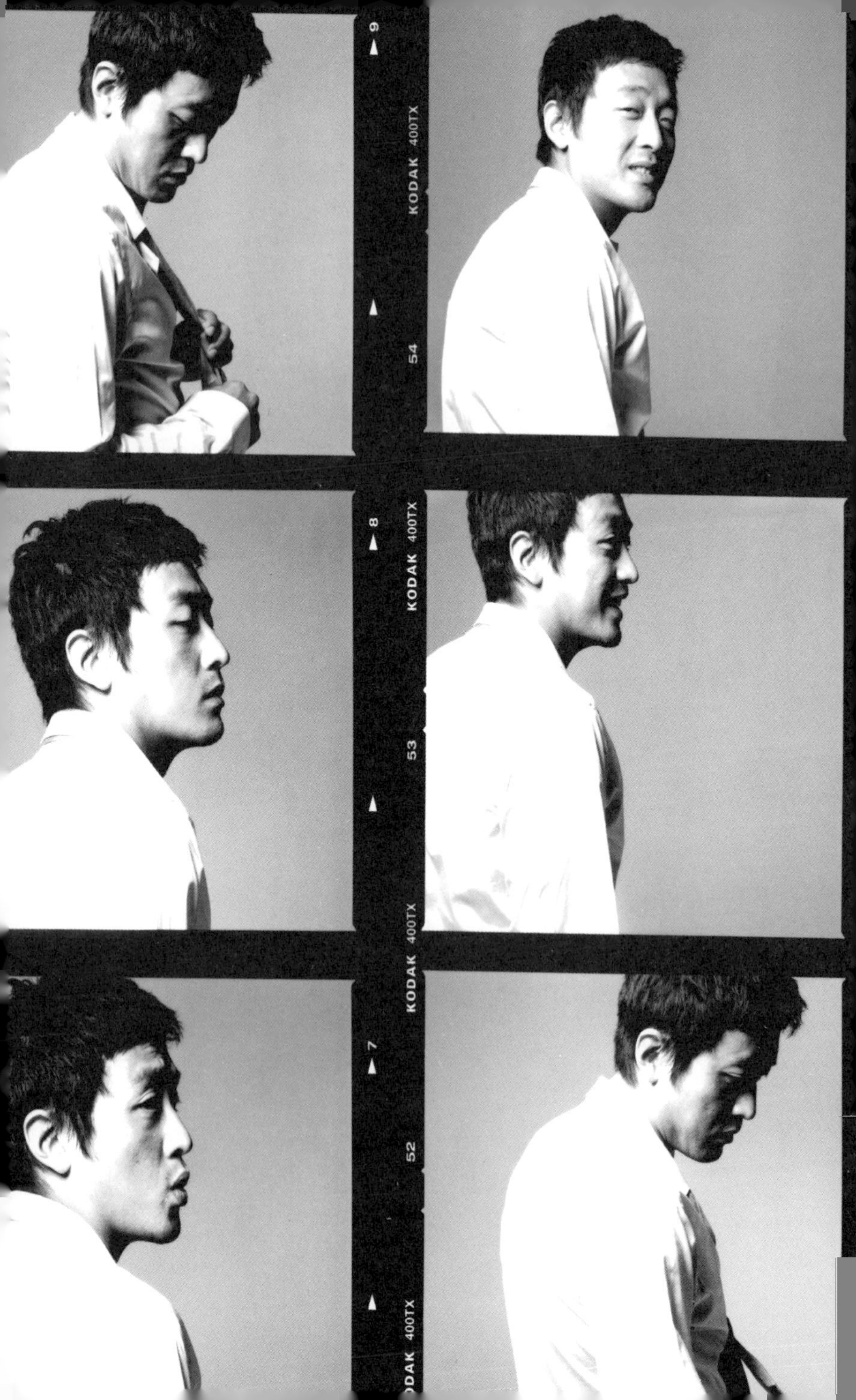
9
KODAK 400TX
54
8
KODAK 400TX
53
KODAK 400TX
7
52
KODAK 400TX